한의 스페셜리스트 1
가프 장편소설

초판 1쇄 찍은 날 § 2018년 2월 22일
초판 1쇄 펴낸 날 § 2018년 3월 1일

지은이 § 가프
펴낸이 § 서경석

총괄팀장 § 최하나
편집책임 § 이선근

펴낸곳 § 도서출판 청어람
등록번호 § 제387-1999-000006호
등록일자 § 1999. 5. 31
어람번호 § 제1-2856호

주소 § 경기도 부천시 원미구 부일로 483번길 40 서경B/D 3F (우) 14640
전화 § 032-656-4452 팩스 § 032-656-4453
http://www.chungeoram.com
E-mail § chungeorambook@daum.net

ⓒ 가프, 2018

ISBN 979-11-04-91659-5 04810
ISBN 979-11-04-91658-8 (세트)

※ 파본은 구입하신 서점에서 교환하여 드립니다.
※ 저자와 협의하여 인지를 붙이지 않습니다.
※ 이 책은 도서출판 청어람과 저작자의 계약에 의해 출판된 것이므로,
  무단 전재 및 유포·공유를 금합니다.

1

가프 장편소설

FUSION FANTASTIC STORY

한의 韓醫 스페셜 리스트

Contents

1. 화타는커녕 구사일생? ◆ 7
2. 신침(神鍼) 열 손가락 ◆ 35
3. 꼬리를 무는 기적 ◆ 61
4. SSS급 닥터, 응급환자가 되다 ◆ 85
5. 한약재를 투시하는 눈 ◆ 109
6. 엄마 부대의 섬 원정 진료! ◆ 133
7. 책 속으로 통하는 신비경(神秘境) ◆ 145
8. 갈매도의 권력자들 ◆ 177
9. 한번 믿어보세요 ◆ 199
10. 일침 명의, 죽은 자를 살리다 ◆ 211
11. 별장의 괴물 ◆ 233
12. 난치병에 도전하다 ◆ 255
13. 헬기로 온 거물들 ◆ 293

1. 화타는커녕 구사일생?

이 작품은 작가의 창작입니다. 실제 한의술과 다를 수 있습니다. 소설로만 읽어주시면 고맙겠습니다.

一神鍼御製 一鍼卽快.

傳統醫學이 異乎現代醫學하야 治療法으로 不相流親할쌔, 故로 患者가 傳統醫學好感하야도 而終右往左往】多矣라.

予】爲此憫然하야 新製一鍼卽快 神鍼하노니, 患者人人으로 利用하야 便於日完治이니라.

전통의학이 서양의학과 달아 치료법으로 서로 친하지 아니할 쌔, 이런 까닭에 아픈 환자들이 전통의학 마음 있어도 우왕좌왕 하는 이 하니라.

내 이를 위하야 새로 일침즉쾌 신침을 맹가노니, 환자마다 해여 쉬이 녀겨 이용하매 질병을 완치코져 할 따람이니라.

"아래 보이는 검은빛 호수가 헤이싼시호[黑三十湖]입니다."

중국 명의순례 버스에서 가이드 방송이 나왔다. 명의순례는 중국중의과중심국에서 개최하는 국제적 연례행사다. 청년 한의사를 대상으로 중국 한의학의 대가들을 만나고 세기의 의술로 칭송받던 신의들의 발자취를 돌아보며 깨달음을 얻는 걸 목적으로 하고 있다. 올해 참가자는 5개국의 40여 명이었다. 한국에서 온 신참 한의사 윤도도 그중 한 자리를 차지하고 있었다.

'흑삼십호라······.'

하북성 내구현을 지척에 두고 윤도가 황제내경을 덮었다. 그 아래 있던 동의보감, 산해경 등도 함께 가방에 넣었다.

창밖 내리막으로 거대한 검은색 물비늘이 꿈틀거렸다. 호수라지만 어쩌면 바다처럼도 보이는 곳. 대륙의 위엄은 호수에서도 예외가 아니었다.

"어이, 다들 신묘한 기운이 느껴지는 것 같지 않아?"

지난밤 윤도와 혈자리 경연을 벌였던 베이징대 졸업생이 말했다. 중국 청년 한의사들의 리더 같은 친구였다. 윤도는 그와 경혈 자리 겨루기 결승에서 만났다. 처음에는 중국 교수들이 강의 중에 재미로 제의한 경연이었다. 한의에서는 일침(一鍼), 이구(二灸), 삼약(三藥)을 말한다. 침과 뜸, 그리고 약물 순으로 치료하는 것이다. 그러다 보니 침놓는 자리가 빠질 수 없었다.

침이 뭐 그리 대단하냐고?

기껏해야 삔 데나 치료하지 않냐고?

그렇게 생각할 수도 있다. 서양의학에 밀리면서 한의의 영역이 좁아진 탓이다. 하지만 시계를 돌려 100년 전쯤으로 가보자. 고려와 조선의 대다수 병은 한의가 고쳤다. 침으로 중환자도 살리고 응급환자도 살렸다. 누구도 부인할 수 없는 역사의 한 조각이다.

그리고, 지금도 그건 가능하다. 다만 환자들의 선택이 서양의학으로 쏠린 것뿐이다. 한의들의 생각은 그랬다. 닥치고 팩트라고 할 수 있다.

"국제적으로 한번 겨뤄볼까요?"

교수가 경혈 표본을 가리켰다. 유럽에서 온 두 친구를 제외하면 다들 공부 좀 했다고 할 수 있는 한중일의 젊은 한의사 40여 명. 특히 중국은 명의순례 개최국이기에 여러 명이 손을 들고 나왔다.

이 경연은 입으로 재잘거리는 앵무새를 보자는 게 아니었다. 교수가 화두를 던지면 인체 표본의 경혈을 짚어 시침 시범을 보여야 했다. 그래서 어려웠다. 엉뚱한 곳을 찌르거나 모르면 쪽팔림을 감수해야 하는 부담감이 컸다.

"오수혈!"

윤도와 장씨 성을 가진 중국 한의가 맞선 첫 과제였다. 오수혈이라면 팔꿈치와 무릎 관절 아래에 자리한 다섯 혈자리를 말한다. 한의학에서는 정, 형, 수, 경, 합이라 부른다. 케케묵은 혈자리는 알아 뭣할까? 하지만 한의학에서는 형, 수, 경혈만 알아도 몸의 열을 치료하고 몸이 무겁거나 관절염, 천신과 기침을 잡을 수 있다.

이들은 일상의 기본적인 질병이다. 특히 나이 먹어 열이 올랐다 내렸다 하는 증상까지도 오수혈 마스터라면 오케이였다. 윤도는 장씨 성보다 조금 늦게 마지막 혈자리에 호침을 찔렀다.

"다음은 12원혈로 갑니다."

교수는 쉬지도 않고 폭주했다. 12원혈은 오장육부의 질병에 반응하는 열두 혈자리를 말한다. 윤도는 태연, 대릉, 태백, 태계, 태충, 구미, 발앙을 차례로 시침했다. 혈자리나 본초 등의 '이론'에는 그리 딸리지 않았던 윤도였다. 하지만 이런 자리에서 느닷없이 펼쳐진 겨루기이다 보니 진땀이 났다. 그래도 어찌어찌 결승까지 나갔다.

"박수 한번 주세요."

최종전에 남은 두 사람을 위해 교수가 격려를 유도했다. 주인공은 윤도와 베이징대를 졸업한 한의사 왕이었다.

가볍게 팔회혈로 시작했다.

'부기가 모이는 혈은 태창… 장기가 모이는 건 계협, 근기는 양릉천, 수기는……'

침착하게 침을 넣다가 손이 멈췄다. 거기서 막힌 것이다. 다행히 젖가슴이 힌트가 되었다. 윤도는 남은 격수와 대저, 태연 등의 팔회혈을 모두 찾아냈다.

마지막 과제는 전통적으로 침을 금하는 혈자리 찾기였다. 그건 한두 개가 아니다. 그렇다면 최대한 많이, 정확하게 짚어내는 게 관건이었다.

'괜히 나왔나?'

대학 때 외우느라 똥줄이 탔던 혈자리. 자칫하면 생명을 앗을 수도 있기에 교수가 강조하고 또 강조하던 혈자리였다. 당연히 알고 있지만 이렇게 써먹으려니 머릿속의 실타래가 개판 5분 전으로 엉겼다.

'신정, 뇌호, 신회, 옥침······.'

일단 시작부터 했다. 그사이에 왕은 벌써 10여 개 이상을 짚어내고 있었다. 윤도는 신궐과 기충, 기문, 승근까지 짚으며 추격해 갔다. 겨우겨우 유중과 연곡, 복토혈을 짚었을 때 왕은 이미 마무리를 끝내고 유유자적이었다. 그래도 최후의 승자는 윤도였다.

"왜 그렇습니까?"

왕이 교수에게 따지듯 물었을 때 교수가 혈자리 두 개를 짚었다. 그건 계맥과 백환수였다. 그제야 왕의 눈빛이 풀썩 주저앉았다. 침을 놓지 못하는 자리가 아니라 뜸을 뜨지 말라는 혈자리를 짚었던 것. 의기양양 앞서가다가 착각을 한 모양이었다.

짝짝짝!

윤도에게 박수가 쏟아졌다. 교수가 잠시 한국 한의학에 대해 소개할 기회를 주었다. 그 자리에서 허임의 침구경험방에 나오는 경외기혈을 소개했다. 경외기혈은 동의보감에도 나오지만 침구경험방이 조금 더 상세했다. 머리의 9혈과 어깨의 11혈, 흉복부의 8혈 등을 짚어가며 자부심을 폭발시켰다.

이들 중 실제 치료에 사용한 경외기혈의 숫자만 해도 20여 혈이었다. 특히 독음혈이 치료에 애용되었다는 말로 소개를 끝냈다. 나름 통하는 중국어 수준, 게다가 방금 끝난 혈자리 찾기에서 1등을 한 몸이다 보니 호응이 좋았다. 아마 그냥 나가서 소개했다면 중국 한의들이 대충 흘려들었을지도 몰랐다.

그게 두 번째 행운이었다.

첫 행운은 시작 지점인 북경의 진황도였다. 신기하게도 천하제일문 현판에 비친 빛이 윤도 얼굴에만 반사되었다. 기분이 상큼했다. 명의순례를 잘 마치고 천하제일의 명의가 되라는 서광으로 느껴졌다.

빠앙!

버스가 경적을 울리며 급커브를 돌았다.

"혹시 그 전설 압니까? 30년 주기 명의탄생설."

손잡이를 잡고 선 왕이 중국 한의들에게 말했다.

"그거야 다 지어낸 말 아닙니까?"

홍콩에서 참가한 한의가 대수롭지 않게 받았다.

"다들 그렇게 말하지만 아주 안 믿는 것도 아니지 않습니까? 게다가 지난 30년 전에 항주의 참가자가 실제 득의(得醫)를 했다고 하고……."

"그건 나도 들었습니다. 우리 학교 선배님이시거든요."

마침 항주대학 출신의 한의가 맞장구를 쳤다.

"그게 실화입니까?"

다른 한의들이 관심을 보였다.

"원로 교수님들이 하는 말인데… 졸업 당시 그 선배께서는 평범한 한의였다고 합니다. 그런데 이 명의순례를 다녀온 후 한의학에 눈을 떠 화타가 되고 편작이 되어 불치병들을 고쳐댔다고 하더군요. 침 하나로 공산당 서기의 말기 암까지도 싹 고쳤답니다."

"에이… 설마……."

"사실 나도 안 믿겨서 당시 진료 기록을 보았는데 3년 동안 난치병 환자만 88명을 고쳤더군요. 그중 일부는 베이징대학병원에서 손을 놓은 사람이고, 또 몇은 미국의 메이요병원과 미 해군병원에서 포기한 환자였습니다."

"정말입니까?"

"문제는 그분이 젊은 나이에 빛을 발하고 요절을 했다는 거죠. 딱 3년 간 화타와 편작처럼 타올랐는데 그게 무리였는지 그다음 해에 심장 질환으로……."

"으아, 그럼 30년 주기 명의탄생설의 기연이 와도 좋은 게 아니군요. 자칫하면 3년밖에 못 산다는 거 아닙니까?"

"3년이면 어떻습니까? 굵고 짧게 살다가는 거지."

"에이, 그건 다 소문일 뿐인데……."

한의들이 웅성거리는 사이에 버스가 목적지에 닿았다.

"명의순례의 마지막 코스 진월인 선생의 묘입니다. 두 시간 드릴 테니 좋은 정기 많이 받으시고 돌아오세요. 오늘 저녁은 중국 최고의 요리사 두 분을 초대해 최고급 코스 요리로 대미를 장식할 예정이란 거 아시죠? 기대 많이 하시고요."

가이드 방송이 나왔다. 마침내 중국 명의순례의 마지막 코스인 하북성 내구현에 도착한 것이다. 진월인은 편작의 다른 이름이었다. 원래 편작과 화타는 사람 이름이 아니라 유명한 한의에게 붙여지던 별칭이었다. 그게 굳어지면서 편작으로 더 유명한 진월인이었다.

"내릴까요?"

옆에 앉은 독일인 한의 율리안이 말했다. 그의 나이는 27세. 미국 한의 맥과이어와 윤도, 일본 한의 료마를 더해 딱 네 명뿐인 외국인 한의사였다.

'마지막……'

그 말이 윤도의 머리에 여운을 남겼다. 마지막이라는 말은 늘 묘한 여운을 주는 까닭이었다.

경상도의 한 섬에서 공중보건의로 근무 중인 채윤도. 서울 강북의 한의원에서 부원장으로 5개월 정도 일하다 군대에 갔다.

"공중보건의가 군대냐? 개꿀이지."

일반 병으로 제대한 고교 친구들이 냉소를 뿜었지만 부담이 되기는 마찬가지였다. 게다가 일반 병처럼 선임의 갈굼도 만만치 않았다. 윤도의 선임 공중보건의는 의사였다. S대를 나오고 S대 병원에서 내과 인턴을 마쳤다. 원래는 전문의까지 끝내고 중위로 올 예정이었지만 엿 같은 3년차 레지던트와 대판 붙고 핏대가 올라 군에 왔다고 했다. 대한민국에서 한 수 접어주는 그 S대. 그렇기에 섬마을에서 그의 자부심은 하늘을 찔렀고, 그곳에서는 그가 화타, 편작과 동급이었다.

"솔직히 의대 가려다 성적 안 되니까 한의대 간 거잖아?"
"솔직히 한의사가 의사냐?"

선임에 지소장의 직함까지 쓴 그는 윤도를 공공연히 깔보았다. 고양된 자부심은 폭발 직전에 달했다. 의사는 지소장이 될 수 있다. 한의사와 치과의사는 될 수 없다. 툭하면 그 규정을 입에 달고 살았다.

젠장!

법은 위대했다. 그 멀고 먼 남해고도 섬마을에서도.

윤도 역시 돈에 눈 먼 한의원장이 의료보험 부정 청구를 부추기는 통에 혐오를 느껴 군대에 간 상황. 일단 군복무부터 마치고 미래를 생각하려던 선택이 스트레스 덩어리가 되고 만 셈이었다.

 하긴 섬에서 한의사가, 그것도 임상 경험 몇 달밖에 없는 신참 한의사가 할 수 있는 일은 별로 없었다. 그래서 새로운 각오를 다지기 위해 신청한 중국 명의순례였다. 병무청 허락도 어렵게 떨어졌다. 하지만 돌아가면 선임의 갈굼을 각오해야 했다. 그가 권하는 연차휴가 사용 요령을 개무시한 결정이기 때문이었다.

 먼 옛날의 한의들 중에는 명의가 많았다. 한국만 해도 허준과 허임, 이제마와 백광현을 비롯해 수많은 사람들이 꼽힌다. 땅 넓은 중국은 인물 숫자가 더 많다. 편작과 화타를 비롯해 장중경, 이동원, 황보밀, 장백조, 전을 등 두 손을 동원해도 모자랄 정도다.

 윤도는 편작이나 화타보다 장상군, 양경 같은 한의를 더 존경했다. 장상군은 편작에게 묘약을 내려 신의로 만들었고 양경 또한 봉래산에서 상지수를 내려 순우의를 신의로 만든 사람이었다.

 '상지수……'

 그걸 마시면 환자의 오장육부를 들여다볼 수 있다고 한다. 말하자면 마법의 전시안. 그야말로 판타지다. 진맥 없이도 병을 볼 수 있다면, MRI나 CT, 조직검사 등이 없이도 병소(病巢)를 알 수 있다면 게임 끝이다. 명의(名醫) 위의 신의(神醫), 그 위의 천의(天醫)도 될 수 있는 길 아닌가?

윤도의 가방에도 중국 판타지가 있었다. 바로 산해경이다. 어쩌면 드래곤이나 오크, 트롤, 호빗 등의 서양 판타지 종족들도 산해경 앞에서는 깨갱 꼬리를 사리는 게 맞았다. 그 안에는 셀 수도 없는 신기한 종족과 생명체, 동식물 등이 등장하기 때문이었다.

한의학의 관점으로 보아도 신기한 약효를 가진 것들이 즐비하다.

언산이라는 풀은 독을 제거한다.
영초라는 풀을 먹으면 중풍이 사라진다.
요초를 몸에 지니면 사람들의 사랑을 받는다.
부우산의 문경이란 나무의 열매를 먹으면 귀먹은 병을 고친다.
밤에만 날아다니는 문요어라는 물고기를 먹으면 미친병이 낫는다.
돼지를 닮은 농지라는 짐승이 있는데 이걸 먹으면 눈이 어두워지지 않는다.
용후산에서 이어지는 황화에는 신비한 물고기가 사는데 이걸 먹으면 치매에 걸리지 않는다.
난이라는 나무는 신들의 약으로 쓰인다.

웅황이라는 광물은 몸을 가볍게 해서 신선이 될 수 있다.
개명의 동쪽에 사는 신의(神醫)들은 불사약을 가지고 있다.

다 적을 수도 없이 많다. 하나같이 영약이다. 불사약이라니? 신선이 되는 웅황이라니. 한번 보기만 해도 좋겠다는 생각이 들었다. 상지수와 더불어 산해경의 신비한 약재들을 구할 수 있다면 편작이나 화타를 넘어서는 명의가 될 것이 분명했다.
편작 진월인.
그에 대한 설명은 귀가 아프도록 들었다. 전설적인 치료 처방도 그랬다.
'나도 편작 같은 한의가 될 수 있을까? 아니, 그의 발가락에라도 미칠 수 있을까?'
나른한 상상을 살포시 접었다. 옛날 명의 신화를 들으면 기연을 얻어 손쉽게 명의 반열에 오른 것 같지만 사실은 달랐다. 그들은 각고의 노력 끝에 명의가 되고 신의가 되었다. 그런 사람들의 정신을 기리자면서 날로 먹는 기연이나 생각하는 건 예의가 아니었다.
"진월인의 묘지로 말씀드리자면······."
가이드의 중국어와 영어 설명을 들으며 묘 주변을 걸었다. 명의순례의 마지막 코스였다. 한국을 떠나니 마음은 가벼워졌지만 그렇다고 큰 변화는 없었다. 혹시나 기대하던 영감 같은 것도 와닿지 않았다.

꽃을 사다 묘지석에 놓았다. 길 없는 길을 걸어간 옛날의 명의들에 대한 예우였다.

―끊임없이 노력하라.

―서양의학과 달리 한의는 인체의 신비는 물론 음양의 원리까지 통달해야 한다.

명의순례에서 얻은 건 이 진리 하나였다.

"자자, 버스가 곧 출발합니다. 다들 승차해 주세요."

시간이 되자 가이드 목소리가 확성기를 울렸다. 편작 신화에 대해 율리안, 료마 등과 이야기를 나누던 윤도도 발길을 돌렸다.

'결국 현실 복귀……'

버스로 다가가자 웅성거리는 한의사들이 보였다. 노인 때문이었다. 한쪽 다리가 없는 추레한 노인 하나가 다섯 살 정도 된 남자아이를 업고 애원을 하고 있었다. 버스에 쓰인 중의(中醫) 명의순례라는 글자를 본 모양이었다.

"의원님들, 우리 아이 좀 봐주세요. 이 아이가 병이 있는데 양의들은 고치지를 못합니다."

노인은 애걸이었다. 아이는 추했다. 손발이 구부러진 장애에 얼굴에는 피부병도 있어 보였다. 군데군데 벗겨져 흘러내리는 진물을 더하니 몹쓸 전염병 환자처럼 보이기도 했다. 그래도 눈동자만은 맑았다. 마치 검정 속에 뜬 달빛이랄까?

"이봐요. 이 정도 되는 아이면 큰 병원에 가봐야지 여기서 이러면 어쩝니까?"

중국 한의 대표 왕이 나서서 목소리를 높였다.

"큰 병원에 가봤는데 이유를 모른답니다. 그러니 여러 선생님들이 좀……."

"우리더러 길바닥에서 환자를 보란 말입니까? 큰일 날 사람이네."

"사람 살리는 일인데 길바닥이면 어떻고 흙바닥이면 어떻습니까? 의사가 이렇게 많으니 이 중에 우리 아이 병을 아는 의사도 있을 거 같아서요."

"우리 출발해야 합니다. 냄새 나니까 다른 곳으로 가세요."

왕이 잘라 말했다.

"선생님!"

노인은 주춤거리는 한의들을 차례로 잡고 사정했다.

"아, 진짜… 가이드, 가이드 뭐 합니까?"

왕이 짜증을 내며 가이드를 불렀다.

"선생님!"

그사이에 노인이 윤도 앞으로 다가왔다. 아이에게 나는 기묘한 악취가 뇌를 치고 들어왔다.

"좀 도와줍시다."

율리안이 말했다.

"그럽시다. 조금 늦게 출발할 수도 있잖아요?"

윤도에 이어 맥과이어와 료마도 거들었다. 하지만 왕은 단호했다.
"이봐요. 지금 출발해도 호텔 특식 예약 시간에 늦을지 모릅니다. 그리고 우리가 길바닥에서 뭘 어쩌게요?"
"정 그러면 돈이라도 조금씩……."
윤도가 의견을 냈다.
"저 사람들 상습적인 사람들입니다. 일부러 아픈 아이 업고 다니며 지능적으로 구걸하는 거라고요. 그러니 괜한 돈 낭비 말고 얼른 타세요."
"맞아요. 얼른 타세요."
가이드까지 달려와 윤도를 당겼다.
"선생님들……."
노인은 뒤뚱거리며 버스로 다가섰다.
"출발하세요."
가이드가 기사에게 말했다. 버스가 움직이기 시작했다. 노인은 하필 또 윤도의 창을 두드렸다. 노인 등에서 늘어진 아이. 생기가 거의 없다. 구걸하기 위한 쇼로 보이지는 않았다. 지갑에서 300위안을 꺼냈다. 환기를 위한 작은 창을 통해 노인에게 내밀었다. 노인은 받지 않았다. 순간 윤도의 얼굴이 확 달아올랐다. 노인은 구걸이 아니라 아이의 진단을 원했던 것이다.
"미안합니다."

윤도가 중얼거렸다. 창 때문에 들리지 않겠지만 진심이었다. 명색이 의사라는 40여 명의 한의사들. 게다가 명의들의 정신을 배우겠다고 나선 명의순례였다. 그런 주제에 도움을 요청하는 환자를 외면하고 가니 마음이 편치 않았다. 앞자리에 앉은 중국 한의 두 명도 두 손을 모아 미안함을 표했다. 그들도 윤도와 같은 마음으로 보였다.

'미안해요.'

윤도가 버스 창문에 대고 중국어를 남겼다. 아이의 시린 시선이 손가락 움직임을 따라 읽었다. 그 시선 뒤로 해가 보였다. 아이의 민머리 위에 고이 떨어지는 후광이 윤도에게 반사되었다. 눈이 부셨다. 어쩌면 천하제일문의 현상과도 같은 반사. 하지만 이번에는 마음이 시큰 아렸다.

"오늘 상어 지느러미와 제비집 수프가 나온다지?"

"술도 귀한 진품 마오타이로 준다던데?"

버스 안의 한의들은 저녁 특식에 대한 기대로 부풀었다. 오늘은 K-TV라도 가서 석별을 나누자는 말도 흘러나왔다.

'K-TV······.'

착잡하지만 탓할 수 없었다. 진짜 명의의 그릇이었다면 윤도라도 남아야 했다. 저녁 특식을 포기하고 내일 혼자 귀국하면 될 일이었다. 그런데 엉거주춤 버스에 올랐다. 그런 마당에 중국 한의들을 욕한다면 위선일 뿐이었다.

멀리 헤이싼시호가 보였다. 어쩐지 지금 이 순간은 저 검은 호수보다 윤도 마음이 더 검고 더럽게 느껴졌다. 명의순례의 마지막치고는 무한 찜찜한 마무리였다.

한숨과 함께 눈을 감을 때 창밖이 확 밝아졌다.

'뭐지?'

허공에 선연한 빛의 가닥이 윤도 눈에 보였다. 잠깐이지만 마치 인체의 전체 경혈이 펼쳐진 것처럼 보였다.

"봤어?"

옆자리 율리안에게 돌아보았다.

"뭘?"

중국 의서 신수본초를 보던 율리안이 어깨를 으쓱해 보였다. 순간 버스가 요동을 쳤다.

"뭐야?"

왕의 고함과 함께 윤도도 고개를 들었다. 하늘이었다. 하늘이 너무나 가까웠다. 놀랍게도 버스는 허공에 있었다. 계곡 높은 곳을 달리던 버스, 느닷없이 튀어나온 산짐승을 피하려다 가드레일을 들이박으며 허공에 떠버린 것이다.

"으아악!"

비명이 터졌지만 소용없었다. 버스는 고작 몇 초 만에 헤이싼시호로 곤두박질치고 말았다.

퍼엉!

버스는 옆으로 추락했다. 그 과정에서 몇 명이 튀어나갔다. 겨우 몸을 세운 윤도는 안전벨트를 풀고 율리안을 흔들었다.

그사이에 물은 버스 안으로 사납게 밀려들었다. 중국 한의 몇 명은 좌석에서 움직이지 않았다. 안전벨트를 한 채 절명한 모양이었다. 죽은 자와 산 자. 그 차이는 움직이는가 아닌가뿐이었다.

팟!

버스에 남아 있던 불이 꺼졌다.

헤이싼시호.

그 이름이 실감났다. 검은 물이 찬 버스는 아무것도 보이지 않았다. 율리안의 안전벨트를 풀어 창밖으로 밀었다. 대학 동아리에서 수영을 배워둔 게 다행이었다. 눈이 적응되자 물속이 희미하게 보였다. 아비규환이다. 중국 한의들은 서로를 부여잡고 허우적거렸다. 서로 살려고 아등거리니 함께 가라앉는 사람도 많았다. 그때였다. 저만치 앞쪽에 시원한 흰빛 덩어리가 보였다. 빛이 다가오자 윤도가 자지러졌다.

"……!"

꿈일까?

빛의 정체는 놀랍게도 노인 등에 업혔던 아이였다. 아까와 달리 아이의 몸은 흰빛으로 빛났다. 어떻게 된 걸까? 아이도 버스를 따라온 걸까? 노인이 버스 뒤에 매달렸다가 함께 헤이싼시호로 추락하기라도 한 걸까?

그런데 다른 게 또 있었다. 아이가 움직이고 있었다. 시린 두 눈빛은 여의주처럼 찬란했다. 빛을 본 중국 한의들이 아이에게 몰려들었다. 그들은 빛을 잡으려 했지만 닿지 않았다. 신기루처럼, 손살의 물처럼 허무하게 빠져나가는 것이다. 닿은 것 같지만 그때마다 한 발씩 멀어지는 아이였다.

그사이에도 중국 한의들은 하나둘씩 더 가라앉았다. 그리고… 아이도 결국 그들을 따라 가라앉기 시작했다.

늘어진 율리안의 머리카락을 움켜쥐고 있던 윤도. 그를 수면으로 밀고 아래로 내려갔다. 아까는 구하지 못한 아이. 이번에도 내버려두고 싶지 않았다.

'조금만 더…….'

사력을 다했다. 슬슬 숨이 막혀왔다. 손을 내밀어 간신히 아이 머리카락을 잡았다. 순간, 아이의 몸이 폭발이라도 하듯 섬광으로 터졌다.

'우웃!'

빛에 물든 손끝 손마디들이 시렸다. 악취도 코를 쏘았다. 아이의 냄새와 호수의 냄새가 거의 같았다. 간신히 손을 바꾸어 잡았다. 냄새 때문이 아니라 손마디가 얼어버릴 것 같았다.

후웅!

한 번 더 소리 없는 빛이 의식을 흔드는 순간, 윤도는 보았다. 윤도의 열 손가락 마디마디가 얼음 조각으로 폭사하는 것을.

퍼벅!

퍼벅!

정제된 유리처럼 허공으로 퍼진 손가락의 파편은, 동심원 무늬로 맴돌다 원래의 자리로 돌아왔다.

"······!"

그 오싹한 서늘함이 손가락 마디를 치고 올라 얼굴로 옮겨 왔다. 양 눈썹 사이의 인당혈과 코 주변의 영향혈, 머리의 상성혈이 얼음장이 되나 싶더니 눈과 코, 손마디의 역순으로 흰 빛이 찬란하게 빠져나갔다.

'우억!'

멈췄던 호흡이 터지자 윤도는 더 참지 못했다. 그래도 아이의 머리카락만은 쥐고 있었다. 아직 한 번도 제대로 된 한의사인 적 없는 윤도. 섬에서도 그저 선임 내과의 지소장의 보조 역할밖에 못했던 윤도. 이게 목숨의 마지막 날이라면 아이만이라도 살리고 싶었다.

'이잇!'

사력을 다해 아이를 위로 밀었다. 가물거리는 의식이 구조대의 불빛을 감지한 것이다. 물 밖에서 들어온 불빛의 갈래가 많았다. 그렇다면 아이를 구할 수 있을 지도 몰랐다. 그런데··· 위로 올라가던 흰빛이 겨우 머리 위에서 멈췄다.

"미안해."

윤도가 중얼거렸다. 힘이 빠진 까닭이었다.

"미안······."

한 번 더 중얼거리며 가라앉을 때 아이의 흰빛에서 작은 거울을 흘러내렸다. 옛날 약재 저울의 받침 같은 작은 청동거울. 그 거울이 윤도에게로 다가왔다. 거울이 가방에 닿았다. 순간, 윤도의 몸은 파동을 맞은 듯 격하게 흔들렸다.

울컥!

굉장한 일렁임이지만 몸은 편안했다.

진짜……

한없이 편했다.

"……!"

윤도가 눈을 뜬 곳은 하북성 성도(城都)의 대형병원이었다.

"헤이, 채윤도!"

독일 한의 율리안의 목소리가 들렸다. 그의 형체가 희미하게 눈에 들어왔다.

"닥터, 채윤도가 깨어났어요. 내 생명의 은인이 눈을 떴다고요."

율리안이 소리쳤다.

닥터들이 한달음에 달려왔다. 헤이싼시호에서 가까운 성도였다. 희생자는 무려 34명이었다. 중국인 한의 둘과 외국인 한의 네 명만 살아남은 것이다. 유일하게 생존한 중국 한의들은 윤도 앞자리의 한의였다. 버스에서 노인에게 미안함을 표시하던……

펑펑!

기자들의 카메라가 쉴 새 없이 터졌다. 세계 각국의 기자들이었다. 중국 정부 당국의 통제로 취재는 간단하게 끝났다. 윤도에게는 잘된 일이었다.

병원은 아수라장이었다. 사망자들 때문이었다. 사망자 명단은 중국의 족자처럼 길었다. 그래도 사망자 중에 아이는 없었다. 헤이싼시호 속에서 만났던 아이와 빛. 그건 환시였던 모양이었다. 현장에서 온 경찰에게 확인해도 대답은 같았다. 버스에 타고 있던 사람 외에 다른 사람은 없다는 답변이었다.

하루를 쉬고 퇴원했다. 물속에서 시린 빛을 머금은 열 손가락과 눈코를 정밀 검사 했지만 이상은 없었다. 폐도 큰 문제가 없다는 진단이 나왔다.

병원을 나올 때 소지품을 받아 들었다. 윤도의 가방과 핸드폰이었다. 가방 안에는 네 권의 책과 여권 등이 있었다. 여권은 대략 봐줄 만했다. 하지만 다른 소지품들은 죄다 젖어버렸다.

황제내경, 동의보감, 산해경, 침구집성방.

네 권의 책도 꼴이 말이 아닐 것… 으로 생각했지만 괜찮았다. 맨 위에 있던 산해경만 유독 그랬다. 다른 세 권은 젖어 뒤틀리고 늘어지는 통에 버려야 했지만 산해경만은 세탁이라도 한 듯 새 책 같은 느낌이었다.

'희한하네.'

맨 위에서 물을 맞았으니 다른 책보다 더 젖어야 할 책이 방금 제본을 마친 것처럼 산뜻하다니…….

"……!"

무심결에 책을 넘기던 윤도 시선이 굳어버렸다. 책 가운데 거울 하나가 갈피처럼 꽂혀 있었다. 아주 얇은 거울은 낯이 익었다. 하지만 윤도가 사거나 한 기억은 없었다. 어디서 봤을까? 중국의 약재 시장이었다. 그곳에서 처음 보았다. 하지만 그때는 구경만 했다.

그 후로는…….

기억을 따라가던 윤도가 한 번 더 소스라쳤다.

'맙소사!'

사지가 떨렸다. 물속의 그 거울이었다. 마지막에 아이가 떨어뜨린 거울. 윤도의 몸을 울컥 빨아들인 듯한 그 거울이 두 번째였다. 그렇다면 물속의 일이 착각이 아니라는 얘기인가?

"이건 약재 저울 받침 아닙니까?"

윤도 말을 들은 구조 경찰이 웃었다. 그러고 보니 구리로 만든 약재 저울 받침처럼 생겼다. 오래된 저울 받침에 광을 내서 만든 거울이었다. 더 고집하다가는 정신이상으로 귀국길이 연장될까 봐 그만두었다. 생존한 다섯 명도 흰빛은 보지 못했다는 증언이 나온 마당이었다.

비극을 뒤로하고 비행기에 올랐다.

가만히 명의순례 과정을 짚었다.

상해 중의약대학에서 만난 당대 최고의 침의 왕챠오원 박사. 그때 참관한 그의 장침 마취 시침과 실습. 베이징 중의약대학의 침술 대가 장지에용 박사… 화타와 편작, 장중경과 순의 등의 명의 자취 순례.

그리고, 애당초의 기대와 달리 가장 강렬한 기억으로 새겨진 헤이싼시호의 사고와 아이, 빛…….

아이는 정말 환상이었을까? 하긴 절체절명의 순간이었다. 죽음 직전이었으니 환상도 보일 만했다.

'후우!'

상지수로 생각을 돌렸다. 사망한 중국 한의들도 그 전설을 알고 있었다. 상지수는 중국 명의들에게 내렸던 축복의 하나. 참가자 모두는 선수(仙水) 기연을 만나 인체를 투시하는 능력을 얻거나 대오 각성 하는 명의를 꿈꿨다.

양심이 찔렸다.

많이 찔렸다.

노력은 않고 기연이나 바랐으니 상지수는커녕 헤이싼시호의 참극을 만난 게 아닐까 싶었다.

쿨럭!

기침을 따라 열 손가락 끝마디들이 알뜰하게 시렸다. 명의 순례길의 마지막에 생긴 일대 반전. 충격이 크지만 깨달은 것도 많았다.

그때, 그 가련한 아이를 합심해 돌봤더라면. 그래서 조금 늦게 출발했더라면… 이런 비극은 없지 않았을까?
 지난 뒤의 생각은 언제나 부질없다.
 콰아아!
 무거운 상념을 뒤로하고 비행기는 한국을 향해 이륙했다.
 공항에서 마중 나온 부모님과 남동생 채윤철을 만났다. 뉴스만큼 큰 사고는 아니었다고 둘러대고 안심시켰다. 근무지, 낙도인 갈매도까지 갈 길은 여전히 멀었다.

2. 신침(神鍼) 열 손가락

"먹어."

선임 공보의이자 갈매도 보건지소 지소장인 이창승이 돌돔 회를 가리켰다. 섬 지역 선임답게 낚시는 수준급 실력. 윤도의 사고 소식을 인터넷으로 접하고 영양 보충을 위해 준비를 했다고 했다.

"뭐 이런 걸 다……."

윤도가 뒷목을 긁었다. 창승은 원래 이런 인간이 아니다. 하지만 그도 의사. 대형 사고 뒤에 오는 외상 후 스트레스 장애 등을 의식했는지도 모른다. 닥치고 굴려 먹으려다 윤도가 병원에 입원이라도 하면 대략 낭패. 의대 인기가 치솟으면서 여학생 비율이 높아지는 통에 공중보건의 숫자가 확 줄어버린 것이다.

"괜찮아?"

초장과 간장을 세트로 밀어주며 한 번 더 묻는다. 뜻밖의 환대에 하마터면 눈물이 나올 뻔한 윤도. 선임은 지능형 이기주의자다. 그저 자기밖에 모른다. 보건본소에 있을 때도 의사 출신 소장과 한판 붙고 섬 지소로 왔다. 지잡의대 나온 일반의 소장이 마음에 들지 않은 것이다.

그렇다고 창승이 명의인 것도 아니었다. 제아무리 좋은 의대를 나왔다고 해도 겨우 인턴을 마친 상황. 임상 경험으로는 시골 보건소의 의사들과 다를 바 없었다.

그건 처방에서도 여실히 드러났다.

위가 안 좋아요—스멕타, 가스터, 티로파 처방.

감기가 심해요—씨잘, 시네츄라, 타이레놀, 탄툼액 처방.

신경통이에요—치옥트산, 뉴로톤 처방.

고혈압이에요—트윈스타정, 레보살탄정, 다이크로진, 엑스포르테 처방…….

최고 의대출신 의사는 어떤가 해서 두어 달 처방을 눈여겨보았지만 다른 공중보건의들과 다를 바 없는 처방의 연속이었다.

아무튼 갈매도 지소장이 되자 권위까지 얹어 마치 종합병원 과장이 인턴 다루듯 윤도를 대하던 창승. 그런 그가 살갑

게 나오니 불안해질 수밖에 없는 윤도였다.

"괜찮냐고?"

"다행히……."

윤도의 눈은 술잔에 있었다. 얼기 직전까지 냉동실에 있던 맥주. 잔에 이슬이 맺혔다. 그 잔을 잡은 손에서 치직 화기가 느껴졌다. 윤도만의 느낌이었다. 매운탕은 반대였다. 창승의 부탁을 받은 이웃 아주머니가 끓여낸 매운탕은 맛깔스러운 냄새가 났다. 불판 위에서 보글보글 끓었다. 창승의 재촉에 한 수저를 떴다. 이때는 손가락에 한기가 더해졌다.

차가운 걸 잡으면 더워지고,

더운 걸 만지면 차가워지는 느낌.

수저를 놓고 손가락을 보았다. 충격이 몸에서 가시지 않은 걸까? 그런 걸까?

"몇 명 죽었다고?"

골똘한 가운데 창승이 물었다. 대답하지 않았다.

"몇 명 죽었냐고?"

"34명……."

"한의에서 말하는 천운이네?"

마침내 빈정 작렬이다.

"……."

"하긴 거기서 죽으면 내가 개고생이지. 안 그래도 공보의 딸린다는데 결원 생긴다고 한 명 바로 꽂아줄 것도 아니고……."

"……."

"그러게 내가 뭐랬어? 그런 거 다 쓸데없다고 했잖아? 정 외국 가고 싶으면 스페인이나 한번 다녀오든지 중국 한의가 대수야?"

윤도가 고개를 들었다. 잘나간다 싶더니 대놓고 옆 고속도로로 새는 게 보였다.

"아무튼 무사해서 다행이야. 중국에서 죽었어 봐. 사체 운송에 장례에 보상에… 걔들이 시신 관리 하고 보상이나 제대로 해주겠어?"

"이 선생님."

"지소장!"

"……."

"기분 상했어? 말이 그렇다는 거야. 현실이잖아?"

"아무리 그래도……."

"골났구만?"

"됐습니다."

"에이, 왜 그래? 이거 내가 새벽에 포인트에 나가서 아침까지 굶으며 낚아 올린 거야. 육질이 죽여주지 않아?"

"……."

"먹자고. 먹다 죽은 귀신은 때깔도 곱다잖아? 막말로 그 시커먼 호수에서 못 나왔어 봐? 이런 거 다 그림의 떡이지."

이창승은 빈정과 위로에 양다리를 걸친 채 지소장의 권위를 누렸다. 별수 없이 잔을 부딪쳤다. 공보의 의무 복무 기간은 무려 3년. 3년차 이창승의 제대 날짜는 내년 4월 15일로 같이 있을 시간이 장구하니 도리가 없었다.

"근무는 어떡할 거야?"

잔을 놓은 창승이 물었다. 무슨 뜻인지 알고 있다. 섬의 진료소에는 진료일이라는 게 있다. 창승이 멋대로 정한 스케줄이다.

채윤도—월, 화, 목, 금

이창승—수, 금

윤도는 일주일에 네 번이고 창승은 두 번이다. 간단히 말해 윤도는 날마다 진료를 해야 하고 창승은 일주일에 두 번만 진료하는 시스템이다. 거기에 대한 이유는 창승의 보건소 본소 예방접종 지원이었다. 그는 특정 시점에 예방접종 지원을 나간다. 그 보상으로 일주일에 이틀만 일하겠다는 속셈이었다. 실제로 그는 지소 가까운 곳에 사택을 얻어두고 거기서 대기한다. 말이 대기지 실은 게임이나 하며 뒹구는 것이다. 수요일과 금요일만 정식으로 출근하는 꼴이었다.

"어, 우리 채 선생 오셨네?"

어구를 지고 오던 70대 황 노인이 반색을 했다. 이 갈매도의 터줏대감이다. 관절이 좋지 않아 침을 좋아했다. 윤도의 실력이 좋은 편도 아니지만 칭찬이 후한 사람이었다.

"오늘은 술 마셔서 침 못 놓습니다."

창승이 잘라 말했다.

"후딱 좀 놔주고 마시면 안 될까? 며칠 침을 못 맞았더니 무릎이 내 무릎이 아니야."

"어르신, 우리 채 선생, 중국에서 죽다 살아온 사람이에요. 같이 간 사람이 자그마치 서른네 명이나……."

창승의 염장이 거듭 작렬했다.

"술 생각 없으니 그만 끝내죠. 침 놔드리고 쉬겠습니다."

윤도가 창승을 막고 일어섰다.

"채 선생."

"화요일 아닙니까? 연가 중이지만 내 진료일이기도 하고……."

윤도가 바람을 일으키자 창승은 어깨만 으쓱거리고 잡지 않았다.

"앉으세요."

한의 진료실에서 윤도가 말했다. 황 노인은 제집처럼 침대에 걸터앉았다. 하긴 섬 주민들에게는 사랑방 같은 곳이기도 했다.

황노인의 무릎을 ㄱ 자세로 잡았다. 관절 치료는 소파나 의자에 앉은 채 하는 게 좋다. 그사이에 진료소장 은세희가 부항 준비를 마쳤다. 작은 보건지소에 장(長)만 셋이다. 이창승은 지소장, 윤도는 한의원장으로 불린다. 정식 공무원이자 간호사인 은세희는 공인 간호소장(?)이었다.

"채 선생님 힘든데 내일 오시지······."

은세희가 거들어보지만 황 노인은 콧방귀도 안 뀌었다. 윤도의 손이 노인의 무릎 위에서 놀았다. 음곡혈을 잡고 곡천혈을 잡았다.

"······."

혈자리에서 손을 뗀 윤도가 손가락을 털었다. 손끝이 문득 시렸다. 헤이싼시호의 싸한 느낌이 배어나온 것이다. 그렇잖아도 그저 그런 침 실력. 그 잘난 감각마저 사라지는 건 아닌지 걱정이 되었다.

겨우 혈자리를 잡아 중완, 관원, 족삼리, 독비, 음곡을 따라가며 침을 꽂았다. 일부는 장침을 넣으면 좋은 혈. 하지만 장침은 엄두도 내지 못한다. 표면에 살짝 꽂힌 침들은 건드리면 쏟아질 듯 보였다. 그걸 알기라도 하는 듯 황 노인 입에서 비명이 나왔다.

"아이고!"

"아프세요?"

"오늘은 왜 이렇게 아파? 잘못 찌른 거 아니야?"

"······."

"쉬는 사람 불렀다고 일부러 골탕 먹이는 거 아니지?"

"죄송합니다. 침이란 게 가끔은 아플 때도 있어요."

뻔한 핑계를 대며 겨우 시침을 마쳤다. 한의에 눈 뜨자고 다녀온 명의순례는 개꽝인 거 같았다. 명의순례 2일차 상해 중의약대학에서 시침 실습을 할 때는 자신감도 있었다. 하지만 이제 보니 착각이었다. 침놓기가 전보다 더 힘들어졌다.
"나 참……."
겨우 숨을 돌리나 싶을 때 뒤에서 창승의 목소리가 들렸다.
"명의순례가 아니라 고량주 병나발에 가라오케 순례만 했나? 손까지 떨어?"
돌아보니 창승은 보이지 않았다.
"신경 쓰지 마세요. 그냥 성격이잖아요."
세희가 웃었다. 50세가 코앞인 그녀는 오지 진료소 근무만 20년 짬밥이다. 공중보건의들의 생리를 잘 안다. 나아가 그녀로서는 자존심 덩어리이자 시간 때우기로 머리가 가득 찬 공중보건의들을 구슬려 잘 부려 먹어야 할 책무도 있었다.
―큰 문제 없이.
그녀의 지상 과제였다.
"좀 어떠세요?"
침을 빼며 윤도가 물었다.
"어째 괜히 온 거 같네. 더 아파."
황 노인의 말투도 윤도 편은 아니었다.
절. 대. 로.

*   *   *

정말 그랬다. 큰 돈 들여 다녀온 명의순례는 부작용뿐이었다. 수십 명 죽은 충격도 그랬고 더러운 물에 빠진 후유증도 그랬다. 눈과 코가 안 좋았다. 손가락은 매번 시렸다. 차가운 걸 만지면 뜨거워지는 것 같고 뜨거운 걸 만지면 한기가 느껴지고……

근 한 달 동안 무거운 꿈에다, 섬사람들 컴플레인만 달고 살았다. 때로는 혈자리를 헛짚어 생짜 피를 흘렸고 뜸도 엉뚱한 곳에 뜨곤 했다.

특히 꿈이 이상했다. 3일이 멀다 하고 반복되는 꿈은 거의 같은 레퍼토리였다. 인간 형상을 한 구름이 나타났다. 손마디와 눈코에서 시린 빛이 났다. 그것들이 다가와 윤도를 감쌌다. 차갑고 뜨거웠다. 그러다 깨어나면 땀이 흥건했다. 이게 외상 후 스트레스 장애일까? 걱정이 깊어지면 신기하게도 며칠은 꿈을 꾸지 않았다.

"때늦게 지소에 파리가 극성이네."

창승의 냉소는 파랑주의보가 떨어진 바다처럼 노골적으로 변했다. 돌파리, 아니, 돌팔이라는 비난이 아니면 무엇일까? 화가 났지만 대꾸하지 못했다. 팩트이기 때문이었다.

병원선이 들어오는 날 안과 진료를 받았다. 안과나 치과 등은 병원선이 정기적으로 드나들며 환자들을 봐준다.

"큰 문제는 없는 거 같은데?"

안과의의 말은 별로 위로가 되지 않았다. 중국에서 초대형

사고가 난 지 한 달이 되는 날, 윤도는 등대 앞 바위에서 낚싯대를 담그고 있었다. 섬 공중보건의들의 유일한 낙이기도 한 낚시였다.

고기를 낚을 생각보다 무료함을 달래려 나온 윤도였다. 초보임을 아는지 고기는 낚이지 않았다. 섬 끝자락으로 노란 별장이 보였다. 서울 재벌이 지은 별장이다. 재벌의 딸이 요양차 와 있단다.

미녀는 말기 암 환자라고 했다. 아니, 정신 질환을 앓는다는 말도 있다. 물안개가 자욱한 새벽이면 흰 잠옷에 맨발로 해변을 걷는단다. 다 소문이다. 아무도 직접 본 사람이 없는 까닭이다. 소문의 한 자락에는 그녀가 20대이며 조각 같은 몸매의 미녀라는 꼬리가 붙어 있었다. 물론 그 반대에는 얼굴이 얽어 차마 마주 볼 수도 없는 추녀라는 말도 있었다.

모처럼 고기가 입질을 했다. 낚시를 당겼지만 헛발이었다. 먹이만 따 먹고 튄 것이다. 다시 낚시를 던져놓고 앉은 채로 졸았다. 얼마나 지났을까? 사나워진 바람에 잠이 깼다.

'파랑주의보가 떴나?'

파도가 높아지고 있었다. 섬으로 발령 나면서 날씨까지 챙기게 된 윤도였다. 물론 발령지 추첨 이전에는 상상도 하지 못한 오지 섬이었다.

윤도가 낚시를 거두었다.

우우우!

바람이 보름달을 가리며 통곡 소리를 냈다. 어부 몇 명이 배를 살피러 나와 있다. 창승은 날씨에 아랑곳없이 불금을 누리고 있다. 어촌계장, 이장과 함께 기관장에 유지 대접을 받으며 술자리를 하는 것이다. 원래는 창승이 동석을 권한 자리였다. 윤도가 거절했다. 그 자리에 끼면 지소장 대접을 깍듯이 해야 한다. 창승의 성향이 그랬다. 윤도에게는 피곤한 술자리일 뿐이었다.

이날의 꿈은 조금 달랐다. 구름 형상의 인간들, 시리게 빛나던 손가락이 똑 부러져 나가고 눈과 코도 떨어져 나갔다. 그것들은 수십 수백의 점이 되어 윤도의 몸에 박혔다. 하필이면 온몸의 경혈 자리였다. 산 채로 마비가 된 윤도가 비명을 지르다 깨었다. 밖을 보니 바람의 각이 매서웠다. 어업이나 양식을 하는 섬사람들에게는 쥐약인 날씨였다.
후우우우!
두툼한 구름 너머로 파도가 높아지기 시작했다. 섬은 바다의 위엄 앞에서 숨을 죽였다. 얼마가 지났을까? 진료소 쪽에서 고함이 들려왔다. 응급환자였다. 잠결의 은세희가 나와 있지만 분위기가 영 아니다. 창승이나 윤도의 능력으로 어쩔 수 있는 병이 아니라는 뜻이었다.
"약은 좀 드릴 테니까 일단 드시고 주의보 끝나면 뭍으로 나가보세요."

창승에게 달려갔던 세희가 임시방편을 내놓았다. 환자가 왔지만 나와 보지 않는 창승. 술에 떡이 된 모양이었다.
"주의보가 언제 끝날 줄 알고요? 이러다 우리 어머니 죽습니다."
소리치는 사람은 어촌계장의 사촌이다. 소란을 들은 창승과 어촌계장이 진료소로 나왔다. 이장까지 합쳐 세 사람은 몸도 가누지 못하고 있었다.
"지소장님, 어떻게 좀 해봐요."
사촌이 창승을 붙잡고 흔들었다.
"으어버 으어리……."
늘어진 환자의 입에서 신음 같은 소리가 흘러나왔다. 비에 푹 젖은 진흙 같은 소리였다.
'실어증……'
윤도 이마에 식은땀이 맺혔다. 섬에서는 어쩔 수 있는 병이 아니었다. 실어증을 유발하는 원인은 다양하다. 그중에서도 뇌혈관 쪽이거나 뇌졸중으로 인한 거라면 더욱 그랬다.
"어제까지 멀쩡하던 사람이 갑자기 왜 이래?"
어촌계장이 사촌에게 물었다.
"아침에 서울 있는 딸이 이혼했다는 전화를 받아요. 그때 충격을 먹고 말을 안 하더니 저녁때부터 얼굴도 굳는 것 같고……."
"아, 이 사람. 그럼 아까 낮에 뭍으로 나갔어야지."

"누가 이렇게까지 될 줄 알았나요."

어촌계장과 사촌이 각을 세워보지만 도움이 될 일은 아니었다.

"지소장니임."

둘의 눈빛은 다시 창승에게 돌아갔다.

"안 됩니다. 이건 큰 병원 가서야 해요."

"이 비바람에 말인가?"

어촌계장이 바다를 가리켰다. 아까부터 빗방울도 가세하고 있었다.

"뭐라도 좀 해주세요. 그래도 우리나라 최고 병원에서 환자를 보다 왔다면서요?"

사촌이 애원하지만 창승은 의자에 늘어지며 중얼거렸다.

"급한 대로 한의에게 침이라도 좀 맞든가?"

이 순간에는 창승도 의사의 도움이 필요한 과음 환자에 지나지 않았다.

"채 선생……."

사촌의 시선이 윤도에게 건너왔다. 한의가 의사 축에 드냐고 어깨에 힘을 주던 창승. 덤터기를 씌우고는 사택을 향해 비틀비틀 걸었다.

"그래. 나 어릴 때 들었는데 실어증을 침으로 고쳤다는 말도 있더라고."

어촌계장까지 합세해 윤도 등을 밀었다. 세희를 돌아보지만 그녀도 동조자 쪽이었다. 대충 침이나 한 방 놔줘서 보내라는 표정이었다.

폭풍우 몰아치는 밤의 실어증 응급환자. 자칫하면 뇌혈관이 막히거나 터져서 쓰러질 지도 모르는 판에 초짜 한의에게 맡겨진 것이다.

"채 선생, 좀 부탁합시다. 지소장은 인사불성이니 더 잡고 부탁하기도 그렇고……."

어촌계장이 다시 말했다. 섬에서는 이장, 선원 대표인 차명균과 함께 3대 권력자 중의 한 사람인 어촌계장이다. 더구나 그는 군수와 동창생이라 말발도 먹히는 편. 원래는 창승에게 붙어 개무시를 때리더니 오늘 밤은 달랐다. 세 사람에게 떠밀려 침을 잡았다. 그리고 별수 없이 맥을 짚는 순간…….

"……!"

놀란 윤도가 화들짝 흔들렸다.

"왜요?"

세희가 물었다.

"……!"

윤도는 대답하지 못했다. 목으로 마른침이 넘어갔다. 손가락… 손가락 때문이었다. 얼음이라도 맺혀 있는 듯 서늘하던 기운이 싹 빠진 것이다. 게다가 저절로 맥을 향한다. 윤도는 서두르는 손가락을 달래며 천천히… 천천히 맥을 잡았다.

"……!"

한 번 더 미친 듯 소스라치는 윤도. 때마침 벼락까지 떨어지며 주변 사람들까지 화들짝 놀라는 상황이 되고 말았다. 소리와 함께 전기가 나간 것이다.

콰자작!

마른벼락이 바다 위에서 거푸 춤을 추었다. 돌연한 상황에 어촌계장과 사촌, 세희까지 얼어붙었다. 하지만 윤도만은 아니었다. 번쩍이는 천둥 벼락에 드러난 그의 몸은 마치 노련한 명의처럼 맥을 짚고 혈자리를 보고 있었다.

콰자작!

하늘에서 또 한 번 벼락이 찢어졌다. 그 벼락의 갈래처럼 환자의 경락이 선명하게 보였다. 세로로 가는 경맥과 거기서 갈라져 나온 그물 무리인 낙맥… 그것들은 다시 12가닥으로, 12줄기를 보이더니 8가지와 15줄기, 12줄 등으로 펼쳐졌다. 입으로만 재잘거리던 12경맥, 12경별에 기경팔맥과 15낙맥, 12경근 등이었다.

'이럴 수가.'

차마 믿기지 않는 현실. 그러나 이미 현실인 기적. 윤도는 떨리는 마음을 달래며 집중했다. 손가락이 느낀 혈자리를 인체 모델에 대입했다.

'맙소사.'

벼락에 놀라 헛것을 본 환상이 아니었다. 손가락 끝을 따라 선명한 그림이 오는 것이다. 놀라운 건 경락의 상태였다. 어디가 더하고 덜한지, 어디가 부실하고 과한지… 어느 혈자리에 기가 넘치고 어느 혈자리에 기가 바닥났는지…….
 손의 떨림이 심장으로 올라왔다. 심장이 미친 듯이 뛰었다. 혼자 입술도 깨물어보니 피가 흘러나왔다. 꿈도 아닌 것이다.
 그리고…….
 머리 속에 이상한 울림도 들어왔다.

 "옥룡 120혈, 보(補)와 사(瀉)를 명백히 하여 시술하면 금침 한 번으로도 나으리니 곱사등이가 곧게 펴고 앉은뱅이가 걸으리라. 중풍에 정문혈이오, 두풍과 안풍에 상성혈이라… 족삼리에 침을 놓으면 눈이 밝아지고 내정에 자침하면 인후통과 치통을 다스리리니 곡지로 가면 반신불수와 나병을 잡고 합곡에서 두통을 어루만지고 위중에서 요통을 잡는구나. 승산혈을 취하면 치질과 슬종을 제압하리니 열결에서 편두통과 마비를 꿇리리라"

 메아리는 '옥룡가'와 '마단양천성십이혈치잡병가'였다. 한의대에 다니며 노래로 흥얼거리며 외우던 고대의 혈자리 전승가. 그게 마치 녹음처럼 머리에서 울리고 있었다.
 화악!
 그사이에 전기가 들어왔다. 가장 놀란 건 세희였다. 20여 년 짬밥의 오지 진료소장이었다. 대개 의대나 한의대 졸업하고 달랑 면허만 들고 오는 의사들. 임상 경험이 없으니 실력이 있을 리 없었다. 척 봐도 서툴다. 그런 까닭에 때로는 세희가 더 나을 때도 있었다.

윤도 역시 그런 범주였다. 그런데 지금은 아니었다. 윤도의 자세는 큰 대학병원의 권위 있는 교수. 한 분야에 일가를 이룬 교수처럼 안정되어 있지 않은가? 초짜 한의사가 아니라 명의가 버티고 있는 것 같은 무게감이었다.

'귀신에 홀렸나?'

눈을 끔벅여도 다르지 않았다. 그때 윤도 손이 세희에게 다가왔다. 마치 거역할 수 없는 명령처럼 보이는 손. 침을 달라는 것이다.

"침은 거기……."

세희가 진료대를 가리켰다. 평소 쓰던 원침(圓鍼)과 시침(鍉鍼)이었다. 이 침들은 근육 속으로 들어가지 않고 체표에서 접촉하거나 마찰을 주로 하는 침들이다. 침을 본 윤도가 고개를 저었다.

"채 선생님."

"이거 말고……."

"……?"

"장침을 주세요."

장침.

그 말이 세희를 경악으로 밀어 넣었다.

장침이라면 자입(刺入), 즉 침을 근육 속으로 찔러 넣겠다는 뜻이다. 대충 흉내나 내서 플라시보 효과라도 보면 될 일에 장침이라니? 하지만 생각과는 달리 찍소리도 못 하고 장침을 내주는 세희였다. 졸지에 변모한 윤도의 카리스마에 눌린 것이다.
 '설마 장침을?'
 세희 머리에 생각이 많았다. 장침 시침은 한 번도 본 적이 없지만 의심이 들지 않았다. 그만큼 윤도의 진맥 자세가 무아지경이었다. 순간 윤도의 첫 침이 환자 혈자리를 대여섯 군데 고르나 싶더니 머리의 아문혈을 뚫고 들어갔다. 장침은 거의 끝 부위까지 들어가 버렸다. 그럼에도 환자는 느낌조차 없는 표정이었다.
 '세상에나!'
 세희는 숨도 쉬지 못했다. 그 긴 침이 눈 깜짝할 사이에 삽입되는 것 아닌가?
 세희보다 짜릿한 느낌은 윤도에게 있었다. 혈자리에 침이 들어가는 순간, 인체 모든 경락의 느낌이 전해져 왔다. 다행히 뇌혈관이나 뇌졸중 등은 문제가 아니었다. 갑작스러운 충격이 문제였다. 맥으로 확인하고 혈자리로 입증한 인체의 병소. 이건 차마 인간의 경지가 아니었다.
 "······!"
 덕분에 한 번 더 소스라치는 윤도. 하지만 손은 멈추지 않왔다. 침이 혈자리를 어르기 시작했다. 세희는 보았다. 윤도의 손끝이 부드럽게 춤을 추는 걸. 윤도는 침으로 아문혈을 조절해 문제가 된 뇌 부위의 붓기를 통제하고 있었다.

좌로 조금 돌리고, 우로 조금…….
마치 현미경의 미동 나사를 조절하듯 섬세한 움직임. 그러나 너무나 안정되고 자연스러운 동작이었다.

경혈은 오장육부와 연결되어 반응하는 피부상의 한 지점이다. 내부적으로 경혈과 경혈로 이어지는 기혈의 수로를 경락이라고 한다. 경혈에 침을 꽂아 경락으로 흐르는 기혈의 흐름, 즉 오장육부로 가는 물길의 균형을 이루는 게 자침의 목적. 경락이란 큰 물길과 같으니 위아래로 고루 통해야 질병을 다스릴 수 있는 것이다. 넘쳐서도 안 되고 모자라서도 안 된다.

그러나 이 경락의 기 조절은 주로 호침을 사용한다. 하지만 윤도는 장침으로 그걸 하고 있었다. 경혈의 크기는 대략 좁쌀에서 쌀알 크기. 그걸 정확히 찌르는 것도 쉽지 않은데 보법과 사법을 자유롭게 조절하고 있는 것이다.

아문혈 조절을 마친 윤도의 손이 턱으로 내려갔다. 거기서 보여준 시침은 더욱 놀라웠다. 턱에서 입술 가장자리까지 이어지는 두 혈자리를 장침 하나로 잡은 것. 소위 일침이혈이었으니 세희는 구경도 하지 못한 침술이었다.

와자작!
한 번 더 벼락이 바다에 떨어졌다. 의식하지 못하던 세희는 심장이 발딱 뒤집힐 듯 경기를 했다. 눈앞의 윤도만 해도 믿기 어려운 판에 하늘과 바다마저 심장을 볶아대는 것이다.

그사이에 윤도의 손은 내관 공손혈로 내려갔다. 거기에도 장침을 꽂고 귀의 신문혈에 이침을 했다. 그 시침 역시 아문혈과 같았다. 침을 미세하게 돌려 혈의 자극을 최적으로 맞추는 것이다. 막힌 수로가 열리고, 지나치게 팽창하던 수로는 좁혔다. 막힌 통신이 뚫리듯 혈자리는 시원하게 소통해 나갔다.

마지막은 노궁혈이었다. 이 혈자리는 사람의 기분을 풀어준다. 비보를 접하고 충격을 받은 몸이니 조화를 찾아주면 도움이 될 것으로 믿었다.

콰자작, 와작!

쌍둥이 벼락이 바다 위에 이글거릴 때 윤도는 꽂았던 침을 뽑았다. 그 또한 시침의 반대 방향으로 잘 뽑았다. 환자의 통증 소리는 잠든 지 오래였다.

"고마드니아 서새이이."

환자가 웅얼거리는 소리를 냈다. 아까보다는 훨씬 나아진 표정이었다.

"모시고 가서 쉬세요. 날 좋아지면 얼른 육지 병원으로 가시고."

세희가 마무리에 나섰다.

"아뇨. 육지에 안 가도 됩니다. 큰 문제없을 거예요."

윤도는 그 말을 끝으로 일어섰다. 하지만 두 다리가 후들거려 벽을 짚고 말았다.
"채 선생님."
세희가 윤도를 불렀다. 윤도가 돌아보았다.
"괜찮아요?"
끄덕!
고개만 숙이고 돌아보지도 않고 걸었다. 관사에 도착한 윤도는 그대로 침대에 쓰러졌다. 온몸에 맥이 하나도 없었다.
'하아하아.'
숨을 몰아쉬며 천장을 보았다. 대체 무슨 일이 일어난 건가? 시침을 했지만 윤도의 손이 아니었다. 지금까지 단 한 번도 그렇게 적나라하고 정밀하게 인체의 맥과 혈을 느낀 적이 없었다. 게다가 그 혈자리의 문제를 침으로 조절까지 했지 않은가? 보법(補法)과 사법(瀉法)을 자유로이 드나들며 최적의 자극으로 혈자리를 정리하는 건 신의나 명의 수준에서 가능한 일이었다. 여기서 말하는 보법이란 막힌 기의 흐름을 원활히 하면서 밖으로 새지 못하게 하는 것. 사법은 침으로써 몸에 있는 나쁜 기를 밖으로 배출하는 방법을 뜻한다. 말은 쉽지만 아무나 할 수 있는 침술이 아니었다.
게다가 일부 혈자리는 뜸을 떠야 효과가 상승되는 일. 그런데 뜸을 생략하고도 일침즉쾌의 효과를 얻은 것이다.
일심즉쾌의 명의.
화타라면.

번아라면.

허임이라면.

사암이라면.

어쩌면 가능할 수도 있는 일. 그러나 갓 한의대를 졸업한 채윤도는 꿈도 꿀 수 없는 일. 그런데 일을 해치운 것이다.

'꿈인가?'

무아지경에서 장침을 시침했다. 침은 구부러지지도 않았고 손의 기운도 적당했다. 골막을 건드리지도 않았다. 각도도 정확하게 나왔다. 장침의 침놓는 각도는 주로 세 가지. 15-20도의 횡자, 30-60도로 찌르는 사자, 90도를 유지하는 직자를 고루 사용한 것. 시침은 오롯이 무아지경이었다.

침을 놓는다는 건 쉬운 일이 아니다. 혈자리를 안다고 잘 놓는 것도 아니었다. 인체의 모든 것을 이해해야 한다. 거기에 아래의 수련이 더해진다.

─압수연습으로 수박 등을 물에 띄워 찌르는 연습인 부물자침(浮物刺鍼).

─딱딱한 판자나 나무 등을 찌르는 견물자침(堅物刺鍼).

─짐승이 아파서 도망가지 않게 찌르는 연습인 생물자침(生物刺鍼).

이 세 가지를 마치고서도 아래의 마음가짐까지 요구되는 게 침놓는 일이었다.

─침을 놓을 때 한눈팔지 말라.

―마음속 잡념을 없애라.
―몸가짐을 바로 하라.
―귀한 손님 맞이하듯 하라.

그런데… 그걸 해낸 것이다. 그러니 아무리 생각해도 그건 윤도의 실력이 아니었다. 윤도는 어쩐지 뜨끈한 느낌이 드는 열 손가락을 바라보다 까무룩 잠이 들었다.

3. 꼬리를 무는 기적

다음 날, 눈을 떴을 때는 벌써 9시가 가까운 시간이었다. 윤도는 누운 채 손가락을 꼬물거렸다. 허벅지에 대고, 배에도 대보았다. 얼음의 느낌은 없었다. 그제야 벌떡 몸을 일으켰다. 다시 손가락을 보았다.

꼼지락꼼지락!

자유롭다. 그렇다면 어젯밤에 일어난 일은 꿈이 아니었을까? 맥을 짚어보았다. 자기 맥으로는 감이 오지 않았다. 중도 제 머리는 못 깎는 법이다.

대충 세수를 하고 지소로 나갔다. 창승과 어촌계장, 그의 사촌이 보였다.

"어, 채 선생……."

어촌계장 사촌이 알은 체를 해왔다.

"이거 가지고 얼른 나가세요. 꾸물거리다가 큰일 납니다."

창승이 내민 건 진료 의뢰서였다. 실어증 환자를 육지의 큰 병원으로 보내려는 모양이었다.

"하지만 채 선생이 괜찮을 거라고 했는데……."

사촌이 윤도를 바라보았다. 섬사람들. 큰 병원이 부담이다. 그러니 웬만하면 몸으로 때우려는 습성이 있었다. 그렇기에 윤도의 말이 맞기를 바라는 마음인 것 같았다.

"아니, 지금 누구 말을 믿는 겁니까?"

창승이 목소리를 높였다.

"그래도 어젯밤에 침 맞고 가서 많이 좋아지셨어요. 목소리도 거의 돌아왔고……."

"나 참, 침이 큰 병을 막습니까? 잔말 말고 배 들어오면 얼른 가세요. 그나마 바람이 잠든 걸 다행으로 아시라고요."

창승이 사촌을 떠밀었다. 사촌은 윤도를 바라보다 별수 없이 항구로 나갔다.

"어이, 채 선생."

주변 사람들이 사라지자 창승이 윤도를 쏘아보았다. 입에서는 아직도 술 냄새가 폴폴거렸다.

"네?"

"말조심해서 해. 실어증에 대해 알기나 해?"

"한의학에서도 실어증은 배웁니다."
"맛이나 보는 수준?"
"아직 술이 덜 깨셨군요."
"뭐야?"
"가서 쉬시죠. 술 냄새 많이 납니다."
윤도가 돌아섰다. 술주정까지 받아줄 생각은 없었다.
"어이, 내가 생각해서 하는 말인데 아무튼 말조심하라고. 뭐? 문제없을 거라고? MRI 찍어봤어? 고작 침 한번 찔러보고 그런 소리를 해? 그러다 잘못되면? 섬사람들이라고 소송 안 거는 줄 알아? 주제를 알아야지. 침도 제대로 못 놓는 주제에……."
"말이 너무 심한 거 아닙니까?"
"그러니까 말조심하라고. 우리가 여기 오고 싶어서 왔어?"
"어우, 두 분 또 왜 그래요?"
세희가 다가와 둘을 말렸다. 지소 앞에는 환자들이 와 있는 상황. 의사들이 각을 세우는 것도 꼴사나울 것 같아 참았다. 게다가 윤도는 진료를 봐야 했다.
첫 번째 환자는 김 양식장을 하는 할머니였다. 나름 윤도의 단골이다. 그녀는 약보다 침을 좋아했다. 실력이 없어도 가끔은 궁합이 맞는 환자가 있다. 그게 이 할머니였다. 오늘은 기침이 심했다. 어제 양식장 단속을 하느라 고생을 한 모양이었다.

"잘 부탁해요, 선상님, 쿨럭."

할머니가 눈깔사탕 하나를 내밀었다. 그녀는 늘 그랬다. 사탕 물기를 좋아해 주머니에 넣고 다닌다. 그러다 좋아하는 사람을 만나면 딱 하나를 꺼내놓는다.

가래가 보이는 기침에 호흡이 편하지 않은 환자.

어떻게 보면 흔한 감기 환자에 속한다. 합곡혈과 손목의 태연혈에 침을 놓으면 된다. 고황수혈과 폐수혈, 선수혈에는 뜸을 뜬다.

어젯밤……

윤도는 어젯밤 일을 생각했다. 아직도 선명한 느낌의 혈자리들. 침으로 넣고 뽑으며 조절이 되던 혈자리의 기세들. 그게 오늘도…….

'될까?'

긴장을 숨기며 맥을 짚었다.

'오 마이 갓.'

윤도의 손에 짜릿한 무엇이 전해왔다. 바다 깊은 곳에서 물고기가 물었을 때 느끼는 낚싯줄의 그 맛에도 비할 바가 아닌 그것…….

맥.

느껴졌다. 어젯밤의 그 느낌. 손가락 끝을 타고 전해져 오는 섬세한 정보들. 윤도의 손이 바삐 움직였다. 이 맥을 짚고 저 맥을 짚었다. 기세가 다 달랐다. 윤도가 침을 골랐다. 이번에도 장침이었다.

"채 선생님."

세희가 태클을 걸어왔다. 좀처럼 쓰지 않던 장침을 거푸 잡고 있는 것이다. 어젯밤에는 분위기가 이상했다. 하지만 지금은 훤한 대낮. 하지만 윤도는 세희의 주의를 무시했다. 잘못 집은 게 아니기 때문이었다.

혈자리를 짚었다. 장침이 태연혈 깊숙이 들어갔다. 침은 경거혈까지 도달했다. 그건 세희도 몰랐다. 그렇게 혈자리의 최적 활성을 찾는 윤도였다. 시침의 마무리에는 침을 반 바퀴 돌렸다. 자극을 받은 혈자리가 활기를 찾기 시작했다. 그 느낌이 윤도 손끝에 고스란히 전해왔다.

윤도의 시침은 합곡혈과 태연혈에서 끝나지 않았다. 예전이라면 거기서 끝났을 시침. 그러나 맥과 혈자리의 진단으로 가슴 쪽 혈자리가 약해진 걸 알았다. 또 하나의 장침이 내관과 공손혈로 들어갔다. 혈자리를 조율하자 할머니의 숨소리가 편안해지는 게 보였다.

"아이고, 가슴이 시원하네?"

침을 맞은 할머니가 좋아했다.

"다행이네요."

"세상에… 우리 채 선생이 점점 용해지나 봐.. 기침도 멈추고……."

"오늘은 너무 무리하지 말고 좀 쉬세요."

"알았어. 우리 채 선생이 하라면 해야지. 기분이다. 이거 하나 더."

할머니가 사탕을 하나 더 꺼내놓았다. 뒤에서 지켜보던 세희가 고개를 갸웃거렸다.

"채 선생님."

"예?"

"중국에서 침 배운 거예요?"

"예……."

"언제는 침은 한국이라더니… 아무튼 진짜 명의가 된 거 같아요."

"고맙습니다."

윤도는 대충 넘기고 말았다.

두 번째 환자는 작은 어선을 모는 40대 후반의 오 선장이었다.

"어구 정리 거들다 허리를 삐었는지 굉장히 아프네요. 아니면 디스크든지……."

그는 통증이 심했다. 침대에 눕는 것도 힘든 상태였다. 허리를 눌러 상태를 보았다.

"아으, 거기요."

선장이 비명 섞인 소리를 냈다.

'또 장침?'

세희의 관심은 침에 있었다. 이번에는 호침이었다. 윤도는 환자 팔꿈치 안쪽의 척택혈에 침을 꽂았다. 침은 쑥 들어갔다가 조금 나왔다. 거기가 최적이었다. 그곳에서 전체 경맥의 반응을 살폈다. 맥에서 느낀 이상이 있었다.

"……!"

복부의 혈자리에서 전해온 반응을 감지한 윤도 눈빛이 흔들렸다.

'적취?'

적취는 덩어리를 말한다. 한방이든 양방이든 인체의 적취는 바람직하지 않았다. 신경을 집중했다. 위치는 췌장 쪽이었다. 확인을 위해 환자의 눈을 보았다. 눈알이 노랬다. 한숨을 숨기고 위중혈과 인중혈에 시침을 더했다.

"어때요?"

침을 뽑으며 물었다.

"아직도 좀 아파요."

"알았습니다."

윤도의 손이 다시 장침을 잡았다. 주변의 국소 근육을 반대 손으로 눌러 긴장을 풀었다. 그런 다음 장침을 꽂았다.

"짜릿한가요?"

"아직은……."

"이제 짜릿할 겁니다."

윤도가 침 끝을 살짝 돌려 밀어 넣으며 물었다.

"어, 맞아요. 짜릿……."

"많이 아프면 말씀하세요."

윤도의 침이 조금 더 기세를 올리며 혈자리 자극을 했다.

"지금요, 아파요."

"알았습니다. 좀 심한 거 같으니 반대편도 침을 놓겠습니다."

또 하나의 장침을 밀어 넣은 윤도. 시간이 꽤 지난 후에 발침을 했다.

"허리 움직여 보세요."

"어!"

몸을 움직여 본 오 선장 표정이 밝아졌다.

"편하네? 아까는 허리가 부러질 듯 아프더니……"

"내일 침 한 번 더 맞고 육지 병원에 좀 다녀오세요."

"육지 병원은 왜요?"

"최근 소화가 잘 안 되고 체중이 줄었지요?"

"예… 워낙 고기가 잘 안 잡혀서 기름값도 못 건지다 보니……"

"가서서 췌장 검사 좀 받아보세요. 이 부위를 체크해 달라고 하시고요."

윤도가 췌장의 끝부분을 살짝 눌러주었다.

"이상 있어요?"

"약간 안 좋은 거 같은데 미리 체크하는 게 좋을 것 같아서요."

"어휴, 요즘 암이 많아서……."
 선장이 한숨을 쉴 때 창승이 지소에 들어섰다. 이제 숙취가 가신 모양이었다.
 "채 선생, 췌장이 어떻다고?"
 선장이 나가자 창승이 안광을 뿜었다.
 "작은 적취가 있는 거 같아서요. 확인이 필요합니다."
 "뭐?"
 "적취요."
 "지금 명의 흉내 내는 거야?"
 "아닙니다."
 "그런데 왜 선장님 겁주고 그래? 침이나 맥으로 췌장염이나 췌장암도 알 수 있나?"
 "알 수도 있지요."
 "채 선생 같은 초……?"
 창승이 뒷말을 흐렸다. 말줄임표에 숨은 말은 '초짜'였다. 윤도도 짐작할 수 있었다.
 "확인해야 합니다. 복통도 있고 황달도 보이고요."
 "선장님은 원래 간이 좀 안 좋아요. 게다가 술 많이 드시고요."
 창승이 목소리를 늘이며 빈정거렸다.
 "제 말 믿고 가보세요. 아셨죠?"
 윤도는 고집을 꺾지 않았다. 환자를 위한 일이기 때문이었다.

"허리를 귀신처럼 낮게 하니 안 믿을 수도 없고… 그렇잖아도 부속품 때문에 뭍에 나가야 하니까 한번 가보죠 뭐."

선장은 윤도 말을 들었다.

"허!"

선장이 나가자 창승이 냉소를 뿜었다. 선임이자 지소장의 권위를 무시당했다는 표정이었다.

"이봐, 채 선생."

"말씀하시죠."

"뭐 잘못 먹었어? 아니면 중국 사고로 너무 충격을 받아 머리가 어떻게 된 거야?"

"말씀이 지나칩니다."

"뭐가 지나쳐? 대체 왜 갑자기 설레발이냐고? 솔직히 뭐 알고나 이러는 거야?"

"의사가 되어가지고 질병을 보고도 침묵하란 말입니까?"

"두 분 또 왜 이래요?"

상황이 심상치 않게 돌아가자 세희가 둘 사이에 뛰어들었다.

"은 선생님, 우리 채 선생 지금 제정신입니까? 아무래도 이상하지 않아요?"

"지소장님."

목소리가 높아질 때 지소 문이 열렸다. 들어선 사람은 어촌계장의 사촌과 그의 어머니였다.

"선생님."

사촌이 소리쳤다.

"병원에 들렀던 겁니까?"

창승이 물었다.

"예, MRI까지 찍고 결과 보고 왔습니다."

"뭐랍니까?"

"채 선생님 말이 맞았어요. 뇌에는 이상이 없다고 그냥 가라던데요?"

"......!"

사촌의 설명을 들은 창승의 눈동자에 불벼락이 스쳐 갔다.

"그거 확실합니까?"

"그럼요. 세 번이나 물어본 걸요. 채 선생님 말 들을 걸 괜히 지소장님이 등을 미는 바람에 진료비만 수십만 원 깨졌어요. 어휴, 아까워라."

"......"

"고맙습니다."

어머니가 다가와 윤도에게 고개를 숙였다. 약간 어눌하기는 해도 어제보다 훨씬 나은 목소리였다.

"아닙니다. 가셔서 푹 쉬세요."

윤도가 그녀 손을 잡았다. 완전히 똥색이 된 창승의 얼굴은 보지 않았다. 사실 창승의 기분 따위는 별 관심이 없었다. 윤도가 원하는 건 자신의 진단 확인이었다. 분명 뇌 질환 쪽은 아니었던 실어증. 하지만 굳이 육지 병원에 가서 MRI까지 찍는 통에 확인이 된 셈이었다.

사촌과 어머니는 몇 번이고 인사를 남기고 지소를 나갔다.

"세상에……."

세희도 감탄을 숨기지 못했다. 이제는 우연이 아니었다. 걸핏하면 컴플레인이나 민원을 유발하던 윤도. 그때마다 환자를 달래느라 얼마나 고생한 세희였던가? 그런데 어젯밤부터 상황이 변했다.

'중국에서 대체 뭘 배웠길래……?'

갸우뚱해진 세희 머리는 한동안 제자리로 돌아오지 않았다.

"고맙습니다."

그사이에 윤도가 창승에게 손을 내밀었다. 덕분에 윤도의 진단이 오진이 아니라는 확신을 갖게 된 데 대한 인사였다. 창승은 그 손을 뿌리치고 자기 진료실로 가버렸다.

"다음 환자 받으세요."

윤도 목소리가 쩌렁 보건지소를 울렸다.

퇴근 후, 윤도는 어촌계장 사촌집으로 납치되었다. 실어증을 고친 어머니가 극구 윤도를 모신 것이다. 창승까지 같이 초대할 자리지만 그가 거절했다. SSS급 닥터라고 힘주는 그가 끼고 싶을 리가 없었다. 그는 S대 출신에 S대학병원 인턴을 한 Special한 닥터라는 SSS급 우월감에 쩔어 있었다. 거기에 더

해 S대학병원과 쌍벽을 이루는 SS병원의 진료부원장까지 그의 삼촌이었다.
"아유, 어서 오세요. 우리 채 선생님."
어머니가 나와 윤도를 반겼다. 그사이에 목소리는 더 좋아져 있었다. 식사 자리에는 어촌계장과 더불어 이웃 사람 몇도 동석을 했다.
"최고입니다. 육지 의사들도 그 얘기 듣고 놀라더군요."
사촌이 엄지를 세워 보였다.
"별말씀을……."
윤도가 겸손하게 말했다.
"아닙니다. 우리 섬 의사가 뇌 질환은 아니고 정신적 충격인 것 같다고 말했다고 하니까 눈이 휘둥그레지더라니까요. 그렇죠, 어머니?"
사촌이 어머니에게 동의를 구했다.
"맞아. 젊은 한의사라고 하니까 아주 쓰러지기 직전이더라고."
어머니가 팔을 걷고 나섰다.
"아이고, 우리 성님, 이제 살았네. 어제까지는 빌빌거리더니……."
"그랬지. 우리 막내가 이혼했다는 소리를 들으니 억장이 무너지잖아? 내가 그 새끼를 어떻게 낳았는데. 산통 때문에 죽을 뻔한 고생을 했잖아? 그런데 막상 걱정이 되다가도 내가 말을 못 하게 되니 겁이 덜컥 나잖아? 내가 살아야 그걸 또 어떻게 돌봐주지 내가 쓰러지면 어쩌겠어?"

"그럼 우리 채 선생이 마음의 병까지 고쳐 버렸네?"

"맞다. 이렇게 용한 분인 줄도 모르고 동생이 지난번에 뭐라고 했지? 뭐 돌팔이?"

어머니의 시선이 파마머리 아줌마에게 향했다. 한 달 전쯤엔가 윤도에게 침을 맞았던 적이 있었던 것이다.

"에이, 그때는 진짜로 그랬는데… 침을 맞으니 다음 날 더 아프고……."

아줌마가 울상을 하며 윤도를 바라보았다.

"맞습니다. 저도 사람이다 보니 실수를 했을 수도 있지요."

윤도는 스스로 자수의 길을 택했다.

"아이고, 이 인품 좀 보라지. 우리 막내딸 정화가 이런 양반에게 시집을 갔어야 하는데……."

어머니가 윤도 손을 잡았다. 따뜻한 손길만큼이나 푸짐한 음식들이 권해졌다. 해산물을 비롯해 뭍에서 사온 한우까지 총동원되었다. 아주 작정하고 장까지 봐온 모양이었다.

"선생님, 온 김에 이것 좀 봐주세요. 이게 월출산에서 딴 거라고 몸에 좋다길래 어머니 드리려고 샀는데 혹시 중국산인지……."

사촌이 차가버섯을 내밀었다.

약재.

한두 가지가 아니다. 좋은 한의사라면 물론 좋은 약재를 보는 눈을 가져야 한다. 하지만 현실은 그렇지 않았다. 한의원에 있을 때 모든 약재는 한약 약재상에서 가져왔다. 게다가 다 절단되고 건조된 상태가 많았다. 그렇기에 본초학 실습 몇 번 마친 윤도에게 자연 상태 약재의 상중하품을 나누는 일은 무리였다.

그런데······.

약재를 보는 순간 윤도 눈과 코에 따뜻한 기운이 저절로 돌았다. 거기 취해 버섯을 집었다. 그러자 거짓말처럼, 차가버섯의 약 향이 휘돌며 약재의 이력이 한눈에 읽혀졌다.

'응?'

윤도가 고개를 저었다. 이건 또 웬 헛것일까? 물을 마시고 다시 한번 차가버섯을 보았다.

[원산] 러시아 재배.
[약재 수령] 7년.
[약성 함유 등급] 下下품.
[중금속 함유] 미량.
[곰팡이 독소] 무.
[약재 사용 여부] 가능.
[용법 용량] 기존 용법 참조.
[약효 기대치] 下下.

"……!"

윤도가 주춤 물러섰다. 마치 QR 코드를 들이댄 듯 약재의 주요 기원이 느껴진 것이다. 물론 본초학의 그것과는 조금 달랐다.

예를 들어 본초학에 나오는 '우황'을 보자면…….

기원: 소의 담낭 결석을 건조한 것. 막질을 제거하고 그늘에서 말린다.
성미: 서늘하고 독은 없으며 맛은 쓰다.
귀경: 심, 간경.
효능 및 주치: 청열해독, 인후종통, 소아경풍, 중풍구금…….
해설: 임산부는 사용에 주의하고 소아는 소량을 사용하여야 한다.
수치: 잡질을 제거하고 곱고 보드랍게 만든 가루로 사용한다.
용량과 용법: 0.15~0.35g
금기증: 임신부는 삼가 조심해서 사용하고 실열증이 아니면 복용을 금한다.

세 번째 나오는 귀경은 약재가 특정한 장부(臟腑)와 경맥에 선택적으로 작용하여 치료 효능을 나타낸다는 말로 인경이라고도 한다. 윤도에게 보이는 분석표는 본초학에 비하면 현대적으로 정리된 느낌이었다. 현대에는 원산지와 중금속 검출 등이 문제가 되는 까닭이었다.

본초학에 비해 자세한 건 등급과 기대치. 보여지는 표에 따르면 上上품에서 下下품까지 모두 9등급이나 되었다. 上上, 上中, 上下, 中上, 中中, 中下, 下上, 下中, 下下…….

윤도가 고개가 갸웃 기울었다. 차가버섯이 하품으로 보이기는 하지만 하품 중에서도 최하품인 下下라니…….

하긴 냄새도 별로였다. 러시아 수입산이라 그런 건 아니었다. 한약재 중에는 국산이 아니어서 더 좋은 재료들이 있는데 차가버섯도 그중 하나다. 왜냐면 차가버섯은 북위 45도 이상의 나라에서 나온 게 약성이 더 좋은 까닭이었다.

극냉 지역에서 자란 차가버섯은 다른 지역의 것에 비해 바깥 껍질의 색이 더 시커멓고 윤기가 난다. 틈새도 깊고 표면 모서리도 매우 야생적이다. 버섯에서 그런 조건은 엿보였다. 하지만 사촌이 내민 버섯은 수령 7년짜리였다. 차가버섯은 15년 이상 자란 걸 상품으로 친다.

하지만!

그걸 윤도가 어떻게 안단 말인가?

"잠깐만요, 제가 서울 약재상에 한번 물어봐 드릴게요."

윤도가 사진을 찍었다. 그런 다음 경동 시장의 한약 약재상에 문의를 했다. 한의원에 있을 때 안면을 튼 한약 전문가였다. 잠시 후에 전화가 왔다.

"러시아산이고 한 6~7년 묵은 거 같은데 자연산은 아니고요. 보관 상태하고 수령으로 보아 하품입니다."

"하품 중에서는?"

"하품 중에서는 괜찮은데요?"

설명을 들은 윤도는 잠시 숨을 쉬지 못했다. 맙소사였다. 눈과 코로 느낀 게 거의 사실로 판정되는 순간이었다. 빗나간 건 약성에 대한 것뿐이다. 하지만 정밀 분석을 한 게 아니니 차이가 날 수도 있었다.

"상품은 아니라네요. 차로 끓여 드시고 비타민도 많이 보충하세요."

실어증은 비타민 부족으로도 올 수 있다. 설명을 하면서도 윤도는 버섯에서 눈을 떼지 못했다. 침에 이어 약재를 보는 능력… 이런 능력이라니…….

'오 마이 갓.'

마구 음식을 집어먹고 관사로 돌아왔다. 대도시라면 김영란법이 어쩌고 하겠지만 섬에는 그런 법이 없었다. 오히려 거절하면 괘씸죄로 몰려 왕따가 될 판이었다.

커피 한 잔을 타들고 소파에 앉았다. 테이블에는 한의서가 가득했다. 그 중간쯤에서 산해경을 뽑아냈다.

산해경.

윤도와 함께 살아 돌아온 책이다. 함께 가져간 동의보감과 침구경험방, 황제내경은 중국에서 휴지가 되었다. 가만히 손가락을 보았다. 얼음 마디가 들었던 것 같은 느낌은 확실히 사라졌다. 그리고 방금 알게 된 눈과 코. 아직은 확인이 필요한 일이지만 기막힌 변화가 아닐 수 없었다.

그때…….

무슨 일이 일어난 건가?

돌연 가드레일을 들이박고 허공에 떠버린 명의순례 버스. 그리고 검은 헤이싼시호에 처박힌 버스. 그곳에서 비몽사몽 보게 된 어린아이. 그 어린아이에게서 쏟아져 나온 은침을 닮은 시린 빛들.

하지만 그건 환상이었다. 살아남은 여섯 한의 중에 그걸 본 사람은 오직 윤도뿐이기 때문이었다. 그리고… 그 가방에서 나온 네 권의 책. 다 젖은 가운데 신기하게도 멀쩡하던 산해경. 윤도는 책 사이에 끼워둔 얇은 거울을 뽑아 들었다.

'응?'

거울을 보던 윤도의 동공이 출렁 흔들렸다. 거울이 달라 보였다. 그동안 두어 번 꺼내봤던 거울. 진짜 물을 부어놓은 듯이 표면이 맑은 게 아닌가? 신기한 마음에 손가락을 대보자…….

"……!"

화들짝 놀라며 손가락을 뺐다. 마치 빨아들이는 듯한 느낌이 왔다. 이건 또 웬일일까? 놀란 마음에 거울을 내려놓았다. 사상의학을 주창한 이제마의 동의수세보원 위였다. 거울은 다시 정상이 되었다.

'헤이싼시호가 상지수라도 되었던 걸까?'

궁금한 마음에 독일의 율리안에게 전화를 걸었다. 통화는 중국어로 했다. 율리안이 영어보다 중국어에 강하기 때문이었다. 목소리는 밝지 않았다. 대참사의 충격 때문에 심리 치료를 받고 있다고 했다.

몸에 윤도 같은 변화는 없었다. 일본과 미국에서 참여했던 한의들도 그랬다. 내친김에 중국의 한의 둘까지 체크했다. 상태가 나빠진 사람은 있어도 좋은 징조를 만난 사람은 윤도가 유일했다.

전화를 놓고 허공을 보았다. 그러고 보니 어제가 참사가 난 지 한 달이 되는 날이었다.

"……!"

날짜를 짚다가 벌떡 일어섰다. 30이라는 숫자 때문이었다. 상지수를 마시고 30일 차에 오장육부와 기혈을 모두 꿰뚫어 보게 된 편작.

30이다.

기묘하게 윤도가 침으로 인체의 혈자리 반응을 감지하게 된 날도 헤이싼시호에 빠졌다가 나온 지 30일이 되는 날이었다.

역시 30이다.

'이거……'

윤도가 손가락 마디를 바라보았다.
30일.
30일…….
그때부터 신묘한 능력이 생겼다. 그 능력은 31일이 되는 오늘까지 이어졌다. 우연이 아니라는 얘기였다. 더구나 덧붙여진 약재를 보는 능력… 방금 전에는 거울까지 이상한 반응을 보였으니…….
'어쩌면…….'
윤도는 손가락을 쓰다듬으며 계속 중얼거렸다.
'헤이싼시호에 빠졌을 때 만난 아이가 환상이 아닐 수도…….'
윤도 눈에 흰빛의 아이가 아른거렸다.
'그 아이가 장상군이나 편작, 아니면 순우의 혼일 수도…….'
상지수의 전설처럼 30일이 지난 후에 일어나고 있는 기적.
중국 한의들이 말하던 30년 주기 명의탄생설은 정말 존재하는 걸까? 그걸 암시하기 위해 천하제일문에서 햇살을 받고 혈자리 짚기에서 쟁쟁한 중국 경쟁자들을 물리치고, 가련한 아이의 민머리가 맑은 빛으로 계시를 비춘 걸까?
그렇다면!
그 옛날 신의 손으로 불리던 명의들처럼 묘방(妙方)과 기방(奇方), 신방(神方)이 이 시대의 한의학에서도 실현이 가능하다는 걸까?

　가만히 눈을 감았다. 어제 오늘 연속으로 체험한 진맥과 혈자리의 완벽한 반응. 더하고 빼고 어르고 달래 혈자리의 수위 조절까지 가능하던 손가락의 능력.

　그러고 보니······.

　또 이상한 점 한 가지.

　한 달이 되는 날부터 기묘한 꿈도 꾸지 않는 윤도였다.

　'하아!'

　30일.

　그 기적이 윤도에게 내린 것인가?

"채 선생님, 왜 이렇게 일찍 나왔어요?"

출근차 나온 세희가 눈을 휘둥그레 떴다. 그녀보다도 먼저 나온 윤도였다. 실은 도라지 때문이었다. 얼마 전에 윤도는 도라지 선물을 받았다. 한 할머니가 텃밭에 심은 도라지라며 굉장히 잘 컸다고 한 봉지를 가져왔던 것. 보건지소는 한약 약탕 처방을 하지 않으니 그 도라지로 대조해 볼 생각이었다.

"……!"

진료실에서 도라지를 꺼내든 윤도가 호흡을 멈췄다. 어제와 똑같은 현상이 나타난 것이다.

[원산] 한국 재배.
[약재 수령] 3년.
[약성 함유 등급] 下上품.
[중금속 함유] 무.
[곰팡이 독소] 무.
[약재 사용 여부] 가능.
[용법 용량] 기존 용법 참조.
[약효 기대치] 下上품.

원산지와 수령은 맞았다. 중금속과 곰팡이 독소도 맞을 거 같았다. 문제는 약성 함유량과 약효였다. 비록 밭에다 재배했다지만 청정 섬마을에서 나온 물건. 上품으로 생각했던 허를 찔렸다. 100을 최상으로 보면 30도 안 된다는 분석이었다.
'야생이 아니라서 그런가?'
혼자 골똘할 때 세희가 들어왔다.
"선생님 진짜 괜찮아요?"
그녀가 걱정스레 물었다.
"뭐가요?"
"중국……."
세희가 말끝을 흐렸다. 짐작이 갔다. 외상 후 스트레스 장애를 걱정하는 것이다. 그녀의 눈에는 오늘 행동도 이상하게 보일 거 같았다. 이렇게 일찍 출근한 적이 없었던 윤도였다.

"저 진짜 괜찮아요. 원래 강철 마인드거든요."

"보기보다는 그런 거 같지만……."

"시작하죠? 벌써 환자들이 오네요."

윤도가 창밖의 노인들을 가리켰다. 벌써 삼삼오오 모여앉아 불러주기만을 기다리는 눈치였다.

"그러게요. 노인들은 잠도 없다니까요."

세희가 한방 진료실 문을 활짝 열었다.

"우아아앙!"

진료실에 아기 울음소리가 울려 퍼졌다. 돌이 안 된 아기였다. 섬에서 나가 사는 부부가 부모에게 인사차 들어온 모양이었다. 원래도 돌연한 울음을 우는 아이였다. 그런데 배를 타고 온 까닭인지 거의 밤새 울었다고 한다. 그래서 섬 터줏대감 할머니를 앞세워 달려온 아이였다.

"선생님!"

세희가 고개를 저었다. 그냥 보내라는 뜻이었다. 원래 보건소는 큰 병을 다루지 않는다. 보건본소에서도 좀 큰 병이다 싶으면 큰 병원을 권한다. 그런데 섬 보건지소에서 자지러지는 아이에게 뭘 어쩔까?

원래대로라면 노련한 세희에게 어물쩡 떠넘기면 된다. 그럼 세희가 알아서 처리한다.

"이 정도면 소아과 가셔야 해요. 여기서는 해열제 정도밖에 못 드려요."

그런데 윤도의 손이 저절로 움직이고 있었다. 그 손이 요골동맥의 관맥을 짚었다. 관맥은 요골동맥을 3등분했을 때 가운데 존재하는 맥이다. 윤도는 두 배로 긴장하고 있었다. 처음 보는 어린 아기 진맥. 거기에 더해 진맥의 보는 기적이 사라지지 않았기를 바라는 마음…….

"……!"

맥을 짚기 무섭게 윤도가 맥을 놓아버렸다.

"선생님……."

세희는 보호자 몰래 또 고개를 저었다. 그냥 보내세요. 그 사인이었다.

'후우!'

윤도가 겨우 숨을 돌렸다. 자신이 없어서 놀란 게 아니었다. 맥에서 아기의 질병을 느낀 까닭이었다.

"아기가 잘 놀라고 푸른색 변도 보죠?"

할머니와 함께 온 엄마에게 물었다.

"네."

"소아경기네요."

"큰 병원에서 그런 말은 들었어요. 경기와 간기가 같이 있다고 좀 더 크면 괜찮아진다고……."

"맞습니다. 아무튼 일단 침을 한 대 놔줄게요."

선생님!

보호자 뒤에서 세희가 소리없이 손을 저었다. 무리하지 말라는 것이다. 그걸 무시하고 합곡혈을 찾았다. 호침을 꽂으니 전체 혈자리 반응이 감지되었다. 맥에서 진단된 이상과 일치했다. 수구혈 쪽이다. 수구혈에 몰린 기혈이 풀리지 못한 까닭에 병이 된 것이다.

"아앙아앙!"

울음소리를 따라 인중 위에서 내려온 지점의 수구혈자리를 잡았다. 호침을 비스듬히 위쪽으로 찔러넣고 조금 강한 자극을 주었다. 좌로 두 번, 우로 한 번… 그 동작이 어찌나 유려한지 아이는 침이 들어온 것조차 몰랐다. 마침내 윤도 손이 멈췄을 때 자지러지던 아이의 몸짓이 거짓말처럼 멈췄다.

"어머, 아이가 울음을 그쳤어요."

엄마가 소리쳤다.

"어머!"

세희 입에서도 감탄사가 따라 나왔다. 믿기지 않는지 벌린 입도 다물지 못했다. 윤도가 침을 뽑았다. 한 번에 뽑지 않고 두 번에 나누어 뽑았다. 세팅된 혈자리를 보존하기 위한 시침 작용이었다. 그러나 이 또한 노련한 침술 경험을 가진 한의사에게서나 가능한 일. 그런 고난도의 조절을 태연하게 해내는 윤도였다. 다행히 뚫린 기혈은 다시 뭉치지 않았다.

"세상에… 서울 의사들도 못 고친 병인데… 선생님 고맙습니다. 고맙습니다."

아기 엄마는 허리가 부러져라 인사를 하고 나갔다.

"선생님."

세희가 윤도를 바라보았다.

"네?"

"내가 아는 채윤도 선생님 맞아요?"

"다음 분 모시세요."

윤도는 웃음으로 그 말을 받았다.

이번에는 어부가 들어왔다. 나이가 무려 75세다. 이 정도면 섬에서는 왕성한 현역에 속한다. 이 노인도 부부가 함께 어업에 종사하고 있었다.

"오 선장이 침 맞고 허리가 괜찮아졌다고 해서 말이야. 나도 허리가 부러질 듯 아프거든. 쿨럭."

섬에 소문이 돌기 시작했다. 처음과 반대였다. 그때는 천하무적 선무당급으로 알려졌었다. 노인들은 직방 효과를 원한다. 그런데 윤도의 침은 십중팔구 큰 효과가 없었다. 다만 선택의 여지가 없다 보니 침을 맞고 뜸을 떴던 것뿐이었다. 어쩌면 그때의 환자들은 침대에 잠시 누워 있다는 것이 위로였을지도 몰랐다.

"쿨럭쿨럭!"

기침 소리를 들으며 맥을 짚었다. 기침은 발작적이지만 맥은 그리 시들하지 않았다. 나이와 달리 잔병치레 외에 큰 병이 없는 것이다. 다만 해소가 깊었다. 맥은 몇 곳이 불규칙했는데 특히 전중혈과 어제혈이 그랬다. 전중혈은 가슴 부위와

상복부 쪽의 질환을 치유해 주는 자리다. 윤도의 손이 호침을 집었다. 구미혈 쪽으로 똑바로 침을 넣었다. 그런 다음 조금씩 자극을 주며 혈자리를 달랬다. 그렇게 침을 꽂고 장침을 잡았다.

"……."

세희는 또 얼음땡 돌입이다. 그녀의 긴장에 아랑곳없이 어제혈에 장침이 시침되었다. 본래는 장침이 어울리지 않는 혈자리. 하지만 윤도의 본능이 택한 침이었다.

마지막인 척택혈에는 호침을 넣었다. 척택혈은 물로 치면 흐름이 돌아 들어오는 곳이다. 혈자리의 소통을 위해 자극을 나누어 주었다. 기혈이 조금씩 열리는 게 느껴졌다. 척택혈은 원래 깊이 찌르지 말라는 혈자리다. 윤도의 손가락은 그것조차 기억하는 듯 자른 자침에 비해 신중했다. 환자의 숨소리가 좋아졌다.

이번에도 일침즉쾌. 뜸 없이 침만으로 병을 잡은 윤도였다.

"허리 보는 김에 해소 기침까지 같이 침 자리로 봐드렸습니다."

윤도가 웃었다. 공치사는 아니었다. 의사는 설명할 의무가 있다. 환자도 어떤 치료로 자신의 병이 고쳐지는지를 아는 게 좋았다.

"내 기침은 쿨……?"

짧은 기침을 섞어내던 노인이 소리를 멈췄다. 기침이 사라진 것이다.
"허리도 조금 편안해질 겁니다."
30여 분 후에 윤도가 침을 뽑았다. 역시 단숨에 뽑지 않고 혈자리를 보존하며 뽑았다.
"그렇네?"
노인의 주름살이 확 펴지는 게 보였다. 고질처럼 달고 살았던 요통. 실로 오랜만에 허리를 쫙 펴보는 노인이었다.
"어이쿠, 채 선생 실력 많이 늘었구만. 육지 황녹수 한의원 침술 저리가라네."
노인은 함박웃음을 지으며 진료실을 나갔다. 얼이 빠진 건 세희뿐이다. 버벅 대장에서 침술의 대가처럼 돌변한 윤도. 그녀의 상식으로 이해될 일이 아니었다.
톡톡.
오후가 되면서 다시 빗방울이 떨어졌다. 밤에는 풍랑주의보까지 떨어졌다. 그나마 오후에 들어오는 배편까지는 운항이 된다고 한다. 뭍에 나갔던 사람들 발이 묶이지는 않는 것이다. 두 명의 진료를 더 보고 항구로 걸었다. 풍랑이 온다고 하면 섬이 바빠진다. 게다가 한낮에는 다들 생업에 종사하기 때문에 꼬부랑 노인들 외에는 진료를 보러 오는 사람이 많지 않았다.
부두에 창승이 있었다. 육지에 나간 이장에게 뭔가 하고 기다리는 것이다.

뿌우웅!

고동과 함께 여객선이 가물거렸다. 파도가 조금씩 높아지는 바다. 섬과 육지를 잇는 발이 들어오고 있는 것이다. 배는 섬사람 10여 명과 함께 낚시꾼 몇 명을 내려놓았다. 승객들 중에는 별장에 오는 사람도 있었다. 노란 벤츠가 갑판에서 나오는 걸 보면 알 수 있다. 갈매도에 하나뿐인 별장에 손님이 왔다는 뜻이었다.

부릉!

노란 벤츠가 윤도 곁을 지나갔다. 멀리 빨강 등대와 잘 어울리는 원색이었다.

"채 선생님."

인파를 뚫고 나온 오 선장 아내가 윤도에게 달려왔다.

"선장님은요? 병원은 들러보셨죠?"

"그럼요. 아이고, 선생님 고맙습니다."

선장의 아내가 돌연 큰절을 해왔다.

"왜 이러세요?"

윤도가 말리자 창승이 돌아보았다. 이장에게 물건을 넘겨받은 그는 저것들이 또 왜 저러나 하는 눈빛이었다.

"선생님 말대로 큰 병원에서 진찰을 받았는데 글쎄 췌장암인 거 같다지 뭐예요."

"……!"

"아직 검사가 다 끝난 건 아니지만 사진하고 무슨 암 검사에서 반응이 나왔다네요. 다행히 덩어리가 작고 한쪽 끝에 있어 일찍 발견하길 천만다행이라지 뭐예요."

"오 선장님이 췌장암이라는 겁니까?"

창승이 끼어들었다.

"그런 거 같다네요. 병원에서 온 김에 수술까지 다 끝내고 가라고 해서 짐 좀 가지러 왔어요. 채 선생이 아니었으면 큰일 날 뻔했어요."

"허어, 젊은 사람이 용하네."

가족을 맞으러 나온 섬주민들이 입을 모아 말했다. 하지만 단 한 사람의 표정만은 달랐다. 창승은 과숙성된 홍어 살점이라도 씹은 듯 찌푸린 표정이었다. 그는 콧바람을 뿜더니 사택을 향해 걸었다.

오 선장 아내는 이웃이 가져온 짐을 받아 들고 온 배로 나갔다. 배가 멀어지자 바람이 조금씩 거세지기 시작했다. 부산하게 움직이는 항구 뒤로 노란 별장이 보였다. 새벽 안개가 짙으면 잠옷 바람으로 나와 해변을 걷는다는 재벌의 딸. 아니, 사실은 식물인간으로 누워 있어 똥오줌도 받아낸다던가? 이 사람에게는 미녀였다가 저 사람에게는 추녀가 되는 사람… 날마다 전설이 되어가는 그녀를 생각하며 발길을 돌렸다.

섬의 하루는 이렇게 저물었다. 거세지는 바람 소리를 들으며 저녁밥을 먹었다. 처음에는 창승과 함께 먹었다. 하지만 이제는 혼자 먹는 게 편했다. 그와 같이 먹으면 체할 가능성이 높았다. 고참질에 지소장질, 나아가 S대 출신의 인턴 무용담은 허준이나 중국의 장중경, 순우의 같은 명의보다도 몇 배씩이나 앞서갔던 것이다.

그중에서도 압권은 아이돌 가수 유라이였다. 그녀에게 갑상선암이 있는데 그걸 자신이 발견했다는 것. 그 덕분에 그녀의 소속사 인기 걸그룹 두 팀이 건강검진을 와서 미녀들 몸은 원 없이 보았다는 듯 것. 실제로 그는 인증샷을 가지고 있었고 가는 곳마다 사진 보여주기에 바빴다. 다만 섬사람들의 반응은 그의 기대와는 달랐다.

"이 처자들이 누구여?"

섬의 노인들에게 있어 걸그룹은 그물에 딸려오는 잔챙이 고기만큼의 관심도 없는 단어들이었다.

창승은 오늘도 이장 댁에서 대접을 받을 것이다. 나름 지역 유지가 되어버린 그는 밖에서 얻어먹는 날이 더 많았다.

밥을 먹으며 오 선장을 생각했다.

'췌장의 적취……'

기분이 좋았다. 진료가 맞아떨어졌다는 것, 의사의 보람을 느끼는 윤도였다.

덜컹덜컹!

바람이 세지면서 여기저기 흔들리는 소리가 들렸다. 빗방울까지 거세니 불안함이 커졌다. 마음을 가라앉히고 진맥을 공부했다. 한의에서 진맥이라면 중국의 왕숙화를 빼놓을 수 없다. 아랍의 명의 아비센나도 대가에 속한다. 한국으로 좁히면 허준이 있다.

손가락을 보았다. 오늘도 이 손으로 맥을 제대로 잡았다. 마치 인체의 맥 전체와 센서로 연결된 듯한 감응이었다. 뼈를 깎는 수련 후에야 얻을 수 있는 진맥의 도. 그 도가 손가락에 들어온 것이다.

'한의는 일침(一鍼)이오, 이침(二灸)에 삼약(三藥)이라…….'

먼 옛날 명의들의 말이다. 침뜸을 놓고 약을 써야 한다. 약만 쓰고 침을 쓰지 않으면 좋은 의사라 말하기 어렵다. 침을 놓고 약을 알아야 좋은 의사다. 물론 현대 한의학의 상황은 많이 변했다. 하지만 그 원칙만은 명심하고 싶은 윤도였다.

혈자리를 보며 침을 금하는 자리를 상기했다. 특별한 주의를 요하는 혈자리도 한둘이 아니었다. 척택혈에는 침을 깊이 놓지 않는다. 임산부의 합곡은 금침이다. 견정혈 역시처럼 깊이 찌르는 것은 금물이었다. 그러나 이 역시 예외가 있다. 그렇기에 금침의 혈자리에도 침이 들어가는 경우가 있었다.

윤도는 시간 가는 줄 몰랐다. 재미가 있었다. 한번 보고 느낀 맥과 혈자리 감지는 윤도의 실력이 되어가고 있었다. 장님의 눈이 뜨인 것과 같은 이치였다.

"침술에 빠지면 다른 치료는 눈에 들어오지도 않는다."

강의 중에 나온 백 교수의 말에 감을 잡는 윤도였다. 그러는 사이에 11시가 가까웠다. 내일은 또 어떤 환자가 올까? 가뜬히 잠을 청할 때 문이 요란하게 흔들렸다.

덜컹덜컹!

'바람이 점점 세지나?'

무시하고 자려는데 문소리가 커졌다. 그러고 보니 사람 목소리도 끼어 있는 거 같았다.

"누구세요?"

윤도가 문을 열었다.

휘이잉!

거센 바람이 먼저 윤도를 흔들었다.

"채 선생님!"

문 앞에 선 사람은 세희였다. 옷차림을 보니 응급환자가 발생한 모양이었다.

"지소장님은요?"

윤도가 물었다. 내과를 맡는 창승을 제끼고 윤도 문을 두드렸다면 코가 비뚤어졌을 가능성이 높았다.

"그게……."

"천천히 말씀하세요. 지소장님 또 맛이 갔어요?"

"그건 아니고요. 아무래도 맹장염 같은데……."

"맹장염요?"

"예."

"그럼 지소장님 불러야죠. 아까 보니까 이장님 댁 앞에서 한잔 걸치는 거 같던데……."

윤도가 옷을 걸치며 말했다. 하지만 윤도의 동작은 거기서 멈췄다. 세희의 다음 말 때문이었다.

"그게… 지소장님이 쓰러졌어요. 아무래도 급성 맹장염 같아요."

맹장은 정확히 말해서 충수염. 하지만 보통 맹장으로 많이 부른다.

"지소장님이요?"

윤도가 발딱 고개를 들었다.

"네."

"……!"

갈매도의 SSS급 의사 지소장.

그가 급성 맹장염?

"으어어!"

이장 집이 가까워지자 신음과 웅성거림이 커졌다. 작은 마당에 사람들이 많았다. 우산과 시커먼 우비 차림이라 더 많아 보였다. 얼핏 보아도 십여 명은 되어 보였다.

"좀 비켜주세요."

세희가 무리를 헤치고 길을 내주었다. 창승은 아랫배를 움켜쥐고 신음 소리를 냈다. 얼굴색만 봐도 열이 펄펄 끓는 것 같았다. 세희가 다시 체온을 쟀다.

"9도 8부예요."

39도 8부. 40도에 육박하는 고열이었다. 해열제를 먹었음에도 별 차도가 없는 상황이었다.

"비상선이나 헬기가 뜰 수 있답니까?"

누군가가 소리쳤다.

"지금은 위험해서 못 뜨고요 바람이 조금 자면 다시 연락을 해준답니다."

"뭐라고요? 어떤 새끼가 그래요? 당장 닥터 헬기 보내라고 하세요. 119 구급대 안 되면 해경이라도 불러요."

배를 잡은 창승이 소리쳤다. 윤도가 다가가 맥을 짚었다. 손을 내치기에 다시 잡았다.

"뭐 하는 거야?"

창승이 인상을 긁었다.

"일단 응급으로 침을 좀 맞으시죠."

"뭐야? 미쳤어? 맹장이 터질 것 같은데 꼴랑 침?"

"가만 좀 계셔보세요."

"꺼져. 네깟 게 뭘 알아? 진정제, 진통제, 해열제 다 먹었으니까 헬기만 오면 돼. 윽!"

화를 내던 창승의 몸이 푹 꺼졌다. 통증이 급 밀려온 모양이었다.

'급성 맹장염이 맞군.'

맥에서 병증을 확인했다. 맹장은 충수돌기다. 그 부분의 맥과 혈자리가 엉망이었다. 기세로 보아 진짜 터지기 직전. 여기서 터지면 자칫 창승의 목숨이 위험할 수도 있었다.
"은 선생님, 좀 도와주세요."
윤도가 침을 꺼내놓았다.
"어디요?"
세희는 소독솜을 들고 가세했다. 윤도는 집중했다. 어느 혈자리를 잡아야 맹장의 폭발을 달랠 것인가? 헬기는 언제 뜰지 모르는 상황. 가급적이면 최대한 시간을 끌어야 하는 상황이었다.
'사와중, 사와외, 문금혈, 곡지혈, 난미혈, 천추혈……'
맥이 전해주는 이상(異狀) 혈자리는 많았다. 그중 사와중과 사와외는 보통 뜸을 뜨는 자리. 나머지 네 자리를 넓게 지적했다. 세희가 재빨리 소독을 했다. 생각하고 말 것도 없이 바로 장침을 꽂았다. 문금혈과 곡지혈, 난미혈, 천추혈은 모두 맹장을 다스리는 데 좋은 혈. 깊이 시침하고 강한 자극으로 침을 돌려 혈자리 달래기에 들어갔다. 첫 시침을 받은 문금혈에서 불뚝 저항이 왔다.
침을 조금 더 밀어 넣었다. 장침이 거의 다 들어갈 정도였다. 그제야 혈자리가 숨을 죽였다. 그 상태에서 침을 조금 더 돌려 혈을 안정시켰다.
"으으으……"

창승은 거품이 나올 지경이다. 지켜보는 사람들은 숨도 넘기지 못했다.

두 번째 침이 곡지혈을 잡았다. 이번에도 깊이 들어갔다. 그 자리에서 침을 돌리자 뜨거운 기운이 침을 타고 올라왔다. 순간, 윤도의 손가락이 자동으로 반응을 했다.

"……!"

마디가 차가워지며 뜨거운 기운을 잡는 게 아닌가?

'손가락이 저절로?'

눈은 놀라지만 손은 더 집중했다. 손가락의 한기는 뜨거운 기운을 조금씩 상쇄해 나갔다. 원래 침은 찬 성분으로 열이 날 때 식히는 위주의 치료에 즉빵이다. 그러나 창승의 열을 다스리기 위해 손가락이 알아서 침을 조절하고 있으니…….

'이건…….'

윤도는 숨도 쉬지 못했다. 그러나 그 신묘함은 우연이 아니었다. 난미혈에서도 증명이 되었다. 치받는 열을 침이 찬 기운으로 다스리는 것이다.

"으……."

세 번째 시침이 끝나자 창승의 신음이 사라졌다. 얼굴도 조금 편안해 보였다. 그제야 윤도는 이마에 서린 땀을 닦았다.

"여기요."

세희가 티슈를 뽑아 주었다.

"고마워요."

인사를 하고 받았다.
"지소장 앓는 소리가 사라졌어."
"침으로 맹장을 잡았어."
"우워어, 용하네 용해."
사람들이 웅성거렸다.
"환부를 잡은 건 아닙니다. 맹장이 터지기 직전이라 응급처치를 하고 있는 겁니다. 다시 헬기를 독촉해 주세요."
땀을 닦은 윤도의 손이 다시 움직였다. 천추혈에도 시침이 들어갔다. 그곳 역시 손가락으로 침의 냉기를 더해 기세를 눌렀다. 창승이 숨을 들이쉴 때 들어간 침들. 침이 들어가는 방향과 기의 흐름은 반대였다. 서두름 속에서도 정교하게 움직인 손가락. 이 응급상황에서도 한 치의 흐트러짐 없이 시침을 하는 윤도였다.
창승은 조금씩 안정되어 갔다. 맥으로 확인이 되었다. 터질 듯한 둑을 침으로 막았다. 제법 공고하게 막았기에 당장은 버틸 만해 보였다.
여유가 생기자 형혈을 잡았다. 형혈은 몸의 열을 다스리는 곳. 침이 들어가자 열이 조금 더 내렸다. 합곡과 내관에도 침을 찔렀다. 진통 효과가 나는 혈자리였다.
"조금 떨어졌어요."
체온을 잰 세희가 소리쳤다.
"헬기가 떴답니다."

한바탕 소동이 지난 후에 119에서 연락이 왔다. 바람이 조금 자는 틈을 타 이륙을 했다는 전갈이었다.

"아이고, 이제 됐네, 됐어."

할머니와 아줌마들 입에서 안도의 소리가 나왔다. 지소장의 급병을 제 일처럼 걱정하는 섬사람들. 그들은 그만큼 순박했다.

투타타타!

멀리서 헬기 소리가 들렸다. 사람들이 합세해 창승을 헬기 착륙장까지 데려갔다. 보건지소에도 들것은 있기 때문이었다. 창승은 침을 꽂은 채 헬기에 태워졌다.

"제가 따라갑니다."

윤도가 동승을 했다. 아직은 안심할 상황이 아니었다.

투타타타!

헬기가 이륙을 했다. 수십 명 몰려나온 섬사람들은 헬기 불빛이 사라진 후에야 하나둘 집으로 돌아갔다. 바람은 여전히 사나웠다.

"닥터세요?"

헬기의 응급구조사가 물었다.

"환자가 닥터고 저는 한의사입니다."

"……"

응급구조사 눈이 휘둥그레졌다. 의사도 사람이다. 아프지 말라는 법 없다. 하지만 섬 지역에서 환자가 의사인 경우는 드물었다.

"서둘러요. 상태가 좋지 않아요."

창승을 돌보던 윤도가 소리쳤다. 환자를 움직이자 혈자리가 변한 것이다. 윤도는 침을 돌리거나 조금 뽑았다 넣는 방법으로 혈자리와 사투를 벌였다.

맹장과의 싸움.

그건 오직 윤도만의 전장(戰場)이었다. 첫 번째 수비는 좋았지만 헬기로 옮겨지면서 혈자리 수비가 엉클어진 것이다. 이제는 처음보다 더 힘든 상황이 왔다. 맹장이 터질 듯 출렁거리는 순간, 윤도는 아직 침이 들어갈 혈자리가 있는 걸 알았다. 사와중과 사와외였다. 그 자리에 두 개의 침을 넣어 사혈을 했다. 피가 흘러나오면서 오르던 열이 다시 내리기 시작했다. 맥으로 전해오는 맹장의 기세도 조금 죽었다. 잠시 주저하던 윤도의 손이 다시 움직였다. 뜸자리에 침을 꽂은 것이다.

손가락 때문이었다. 뜸자리를 알아챈 건지 손가락에 불길이 느껴졌다. 이른바 화침이다. 그렇다면 뜸 효과도 얻을 수 있었다. 혈자리를 중심으로 뜨거운 기운이 전해졌다. 구겨졌던 창승의 미간 주름이 다시 펴지는 게 보였다.

그사이에 헬기는 병원에 가까워졌다. 간신히 골든 타임을 사수한 것이다. 흰 가운을 입고 대기 중인 의료진을 보고서야 윤도의 긴장이 풀렸다.

"급성 맹장입니다. 터지기 직전이니 개복한 후에 침을 뽑아

주세요."

윤도가 의료진에게 강조했다.

"뭐요?"

의사 하나가 마뜩찮은 말투로 반응했다.

"전 한의사입니다. 맹장이 터지려는 걸 간신히 혈자리를 눌러두었으니 개복한 후에 침을… 부탁입니다."

"알았습니다."

의료진은 건성으로 답하고 환자를 옮겼다.

'후우!'

맥이 탁 풀린 윤도는 그 자리에서 정신 줄을 놓았다.

5. 한약재를 투시하는 눈

"오수혈은 어떻게 다스리느냐?"

"정혈은 명치끝이 더부룩한 것을 치료합니다. 형혈은 몸의 열을 치료합니다. 수혈은 몸이 무겁고 관절이 아픈 것을 치료합니다. 경혈은 천식과 기침, 추웠다 더웠다 하는 걸 치료합니다. 합혈을 설사하는 증상을 치료합니다."

"침의 부작용을 아느냐?"

"부작용은 훈침입니다. 너무 피곤할 때, 술을 마셨을 때, 너무 배가 고플 때, 너무 놀랐을 때 등은 시침하지 않는 게 좋습니다. 훈침은 어지러운 증상이 생길 수 있고 가슴이 울렁거리며 숨이 차고, 메스껍고 토할 것 같으며 사지가 차가워지기도 합니다."

"선생님."
"채 선생님."
웅얼거리는 환청과 함께 낯익은 목소리가 들려왔다.
"선생님!"
"……!"
윤도가 눈을 떴다. 시선에 들어온 건 보건소 본소의 6급 고참 간호사였다.
"……?"
윤도가 벌떡 몸을 일으켰다. 병원이었다.
"저 아시죠?"
"그럼요. 배 선생님……."
배인숙, 그녀는 본소의 보건행정 팀장 역이다. 세희의 연락을 받고 본소에서 달려온 모양이었다.
"지소장님은요?"
"선생님 덕분에 맹장이 안 터졌대요. 수술 끝나고 병실로 올라가 있어요."
"그래요?"
"은 소장님에게 얘기 들었어요. 침으로 맹장 터지는 걸 막았다면서요?"
"그건……."
"침술이 굉장하다면서요?"

"……"

"진짜 대단해요. 여기 의사들 말이 선생님이 개복 후에 침을 빼달라고 했다더라고요."

"……"

"처음에는 무시하고 그냥 빼버릴까 싶었는데 하도 간곡하길래 그대로 오퍼레이션 진행했는데 개복하고 잘라내려고 하는 순간 맹장이 터졌다는 거예요."

"……"

"예언이 너무 정확해서 다들 한동안 넋 놓고 있었대요."

"……"

"곧 소장님도 오실 거예요."

말이 끝나기 무섭게 소장 이하 보건소 의료진들이 들어섰다. 소장과 내과의, 그리고 각 보건지소와 진료소의 공중보건의를 합쳐 넷이었다.

"채 선생님."

공중보건의들이 먼저 반색을 했다. 특히 우종경이 그랬다. 그 역시 한의사 출신의 공중보건의였다.

"수고 많았어요."

소장은 여자다. 100세 건강 운동에 빠져 있다. 그렇기에 진료를 등한시하는 경향이 있지만 그 반면 공무원으로서의 보여주기 행정 감각은 탁월했다. 자칫하면 대형사고가 날 뻔한 상황. 그걸 무마한 사건이니 반색하지 않을 이유가 없었다.

"군수님께도 보고했어요. 공무원의 표상이라고 좋아하시더라고요."
"네……."
"몸은 어때요?"
"견딜 만합니다."
"아무튼 갈매도가 우리 보건소의 핵심 진료 인력이네요. S대 의사에 더불어 한의 명의까지……."
"과찬이십니다."
"무슨 말씀을요, 은세희 소장이 벌써 좌라락 나팔을 불었어요. 이 사건 직전에도 굉장했다면서요? 그러고 보니 채 선생님 진짜 내숭이시네. 그 정도면 우리 본소에 계셔야지 침도 못 놓는 초짜처럼 말씀하시더니……."

배인숙 팀장이 부지런히 입을 털어댔다. 한바탕 소란을 떤 후에야 그들은 창승의 병실로 진격을 했다. 윤도도 슬슬 자리를 털고 일어섰다. 몸도 괜찮았고 무엇보다 날짜가 좋았다. 게다가 오늘은 이 지역에 5장일이 서는 날이었다.

'그래도 얼굴은 보고 가야겠지?'

딸각!

창승의 병실 문을 열었다. 안에는 세 사람이 있었다. 응급환자였던 창승과 서울에서 시속 120km로 달려온 그의 어머니, 그리고 담당 의사.

"어, 오셨네요?"

의사가 윤도를 알아보았다.

"어머, 이분이?"

창승의 어머니가 벌떡 일어섰다.

"맞습니다. 아드님 맹장을 보호해 준 구세주죠. 저희는 숟가락만 얹었을 뿐."

"아유, 고마워요. 정말 고마워요."

어머니가 윤도 손을 잡았다. 그사이에 창승은 눈을 감았다. 자는 척하는 것이다. 하긴 SSS 등급의 잘난 자존심이 윤도에게 굽히고 싶을까? 게다가 그 주체가 한의학이었다. 그가 의술로 인정도 안 하는 케케묵은 한의학.

"이 선배님은요?"

윤도가 창승을 돌아보았다.

"덕분에 수술이 깔끔하게 되었대요. 이제 방귀만 뀌면 되요."

"다행이네요."

"네, 너무너무 고마워요."

어머니는 윤도 손을 놓지 않았다. 그 손을 놓으려던 윤도가 주춤 미간을 찡그렸다. 손에서 건너온 진맥의 기운 때문이었다.

"맥을 보니 피곤하시네요? 제 걱정까지 하지 마시고 이 선배님 가료나 잘해주세요."

슬쩍 진맥을 확인했다. 좋지 않았다. 목이었다. 그 부분에서 진맥이 난맥을 이루었다. 아직 최악까지는 아니지만 나쁜 혈을 이루고 있는 것이다.

'여기서 말할 수는 없겠지?'

아들의 응급상황을 알고 천리를 달려온 어머니. 당장 어찌할 정도로 위급한 건 아닌 거 같아서 다음으로 미루었다.

"그럼 저는 이만……."

윤도는 정중한 인사를 남기고 돌아섰다. 창승은 여전히 자는 척하고 있었다. 슬쩍 넘어갈 줄 알았던 그의 입은 문이 열리고 윤도의 한 발이 복도를 딛는 순간에야 열렸다.

"채 선생."

"……!"

윤도가 걸음을 멈췄다. 돌아보지는 않았다.

"고마웠어."

무뚝뚝을 살짝 버무린 인사가 날아왔다. 천천히 돌아보니 창승이 손을 들어 보였다. 한의에 대한 인정이다. 자기 몸으로 경험하고서야 결국 윤도를 인정하는 창승이었다.

"푹 쉬고 오세요."

윤도는 뿌듯한 미소를 남기고 문을 닫았다. 어깨가 가벼웠다. 신음 같은 문소리를 따라 어머니의 핀잔이 따라 나왔다.

"얘는, 인사가 그게 뭐니? 무성의하게… 게다가 같이 근무하는 한의사 선생님이라며……."

"……."

뒷말은 들리지 않았다. 전 같으면 대뜸, 한의사가 의사입니까 하고 빈정을 날렸을 창승이었다. 윤도는 가벼운 걸음으로 병원을 나왔다.

*　　　*　　　*

 오일장이 보였다. 한길로 쭉 늘어선 들쭉날쭉 난전들. 텃밭에서 거둔 것부터 야산에서 채취한 것들, 바다에서 건진 잡어와 패류가 어우러졌다. 처음에는 조금 어색했지만 이제는 일상의 한 부분이 되었다. 쉬는 날과 오일장이 겹치면 구경을 나왔던 윤도였다.
 한쪽 구석에 약재들이 있었다. 더러는 산에서 캤다고 하고 또 더러는 텃밭에서 재배한 것들이었다. 하지만 개중에는 외지에서 사다가 이 지역 것인 양 파는 것들도 있었다. 전에는 그저 파는 사람의 말만 믿었던 윤도. 오늘은 직접 확인해 볼 생각이었다.
 맨 먼저 윤도 눈에 들어온 건 당귀와 가시오갈피였다. 이런 것들은 장날마다 볼 수 있었다. 윤도가 좌판 앞에 앉아 가시오갈피를 살폈다.
 "싸요. 만병통치약입니다. 먹으면 인삼보다 좋아요. 저기 창곡산에서 직접 채취한 겁니다."
 60줄의 아저씨 입에서는 막걸리 냄새가 났다. 벌써 옆 좌판과 질퍽하게 한잔 나눈 모양이었다. 가시오갈피를 집어드니 약향이 싸아했다. 눈이 뜨끈해지는 느낌과 함께 약 분석이 이루어졌다.

[원산] 중국 재배.
[약재 수령] 3년.
[약성 함유 등급] 中下품.
[중금속 함유] 기준치 세 배 초과.
[곰팡이 독소] 미량.
[약재 사용 여부] 가능.
[용법 용량] 기존 용법 참조.
[약효 기대치] 下下품.

윤도가 약재를 내려놓았다. 아저씨의 말은 새빨간 거짓말이었다. 대량 재배 수입산을 가져다 자신이 캤다고 구라를 치고 있는 것.

윤도 손이 당귀로 옮겨갔다. 그건 국산이지만 약성 함유량이 낮았다. 야생이 아니라 텃밭에 가꾼 걸지도 몰랐다.

"이봐요. 싸게 준다니까. 개시도 못 했는데 만졌으면 팔아줘야지."

생떼를 뒤로하고 하수오 쪽으로 옮겨갔다.

"육방도 아시죠? 그 무인도에게 캔 겁니다. 하수오 좋은 건

알죠? 이런 거 놓치면 인간 아닙니다. 무지 후회합니다."

이마를 질끈 동여맨 난전의 말도 상큼한 구라였다. 그 또한 중국산으로 나왔다. 거기에 흙을 살짝 입혀 진짜 채집한 것처럼 효과를 낸 프로 사기꾼이었다.

마지막으로 겨우살이를 체크했다. 푸석하고 볼품이 없지만 이 장에서 유일한 물건인 까닭이었다.

[원산] 한국 자생 밤나무.
[약재 수령] 13년.
[약성 함유 등급] 下中품.
[중금속 함유] 무.
[곰팡이 독소] 무.
[약재 사용 여부] 불가.
[용법 용량] 기존 용법 참조.
[약효 기대치] 下下품.

"......!"

분석을 감지한 윤도 눈이 동그레졌다. 간만에 국산을 만난 것이다. 그런데 왜 이렇게 약성이 낮을까? 왜 약재 사용 불가로 나왔을까? 바로 밤나무 겨우살이기 때문이었다. 겨우살이는 좋은 한약재지만 밤나무나 버드나무 겨우살이는 잘 이용하지 않는다. 두통을 유발할 수 있기 때문이다.

"혈압에도 좋고 관절에도 좋고 스태미나에도 좋습니다. 게다가 섬에 자생하는 뽕나무에서 딴 최상품이라는 거 아닙니까? 이게 말로만 듣던 상기생입니다, 상기생."

입담 좋은 난전상은 멋대로 봉지에 담을 기세였다.

"아저씨!"

윤도가 고개를 들었다.

"얼마치?"

"섬에서 딴 거 맞아요?"

"맞다니까. 젊은 사람이 청개구리 뒷다리라도 고아 먹었나? 왜 사람 말을 못 믿어? 내가 이런 거 장난칠 사람으로 보여? 내가 이래 봬도 먹고살 만한 사람이라고."

"그런 분이 밤나무에서 딴 걸 상기생이라고 파세요?"

"……!"

윤도의 돌직구에 난전상이 움찔거렸다.

"버드나무하고 밤나무에서 딴 겨우살이는 안 먹는 게 좋습니다. 그거 먹고 부작용 나면 아저씨가 책임질 건가요?"

"그럼 이게 밤나무에서 땄다는 거야?"

궁지에 몰린 난전상이 핏대를 올리고 나섰다.

"아니면요? 경찰 데려올까요?"

"이 사람이… 당신 뭐야? 식약청 단속반이라도 돼?"

"보건소에 근무하는 한의사입니다만."

"……!"

윤도의 말에 난전상의 기세가 완전히 꺾였다. 한의사는 면허가 있다. 그건 아무나 가질 수 있는 종이쪽지가 아니었다.

"이거 버리세요. 먹으면 두통이 따라옵니다. 약재로 잘 사용하지 않는 걸 가지고 상기생이라고 하시면 안 되죠. 곡기생도 못 되는데……."

"진짜로 먹으면 두통이 생깁니까?"

혀 짧던 언어도 그새 길어졌다.

"예."

"아, 어쩐지 그 인간이 싸게 넘기더라니……."

난전상은 머리를 벅벅 긁으며 반자백을 했다.

어디서 주워들은 말로 손님들을 후리고 있는 난전상. 뽕나무에 기생해서 자라는 겨우살이가 최상품인 것은 맞았다. 뽕나무 외에도 참죽나무와 동백나무에 기생하면 상기생으로 친다. 그러나 찾아보기 힘들다. 가장 흔한 건 곡기생으로 통칭되는 참나무, 느릅나무, 떡갈나무 등에 자생한다.

오일장에서 윤도 지갑의 선택은 천마였다. 그 분석은 우수하게 나왔다. 야생이었다. 그럼에도 약성은 中中을 찍었다. 살짝 의문스러운 부분이었다.

그 주인 역시 섬에서 캤다고 주장하는 상황. 섬이라면 약초들이 해풍을 맞아 생명력이 강하고 바다에서 날아온 미네랄과 무기질을 다량 향유해 약성이 좋은 게 일반적이니 찜찜할 수밖에 없었다. 뭔가가 착오가 있는 것이다.

'없네?'

구석의 풍경이 허전했다. 협도의 사나이, 약작두 쓰는 진경태가 보이지 않는 것이다. 녹내장으로 한쪽 눈의 시력이 없지만 약작두 하나는 귀신처럼 다루는 아저씨였다.

철경철경.

그의 손을 거치면 나무토막도 약재처럼 보였다.

장터 탐색을 마치고 향한 곳은 참숯한의원이었다. 읍내에는 몇 개의 한의원이 있었다. 그중에서 참숯의 원장은 윤도와 안면이 있는 한의사였다. 그와의 인연도 이 오일장이었다. 약재 구경을 하다 만났다. 같은 한의사이기에 서로 통했다. 그래서 뭍으로 나오면 인사 정도는 나누는 사이였다.

"어, 안녕하세요?"

윤도가 한의원에 들어서자 약제사 김병길이 인사를 해왔다. 황 원장은 전통 한의원처럼 약제사를 두고 한약을 관리하고 있었다. 개업 초기 한약재에 문제가 생겨 의료사고까지 간 경험 때문이라고 했다.

"약재 들어오나 봐요?"

윤도가 물었다.

"예, 좋은 거 들어옵니다. 원장님은 안에 계시니 들어가 보세요."

약제사가 안쪽을 가리켰다. 황 원장은 마침 침을 고르고 있었다. 윤도가 들어가 인사를 건넸다.

"어이쿠, 갈매도 신의 원장님."

황 원장이 반색을 했다.

"신의요?"

윤도가 뻘쭘한 표정을 지었다.

"채 선생, 왜 이러시나? 나도 다 정보망이 있거든. 앉아요."

황 원장이 일어나 자리를 권했다.

"정보망이라면?"

"요즘 갈매도에 편작에 화타를 더한 신의가 나타났다는 정보 말일세. 어제는 급성 맹장을 침으로 잡았다나?"

"아, 그거요……."

윤도가 얼굴을 붉혔다. 섬이 좌라락 딸린 작은 군. 지역 의료 기관끼리 공조를 한다. 전에 여기서 일하던 간호조무사가 보건직 공채에 합격해 보건소로 갔고, 지역 보건 업무로 보건소에 아는 사람이 많은 황 원장이었다. 그러니 누군가가 귀띔을 해주었다고 해도 이상할 게 없었다.

"중국 다녀왔다더니 거기서 배웠어?"

황 원장이 은밀하게 물었다.

"아, 아닙니다. 어쩌다 보니 혈자리를 제대로 찔러서……."

"운이라면 한두 명이어야지."

"다른 일도 다 아세요?"

"어허, 우리 군 좁아요. 알려고 들면 채 선생이 속옷 몇 벌인 것까지 다 알 수 있다고."

"다른 건 아니고 제 선임이 좀 까탈스럽거든요. 한의도 은근히 무시하고……."

"그래서?"

"기분 전환 겸 간 중국에서 자신감을 좀 얻었습니다."

"그래? 난 또 화타나 편작, 아니면 순우의나 장중경 귀신이라도 만나 득침(得鍼)이라도 했나 했지."

"그런 게 있겠습니까?"

"그런데 그건 뭔가?"

원장이 윤도 손에 들린 천마 봉지를 바라보았다.

"오다가 오일장에 들렀는데 물건이 좋은 거 같아서 샀습니다. 한번 봐주시겠습니까?"

윤도가 천마를 꺼내놓았다.

"천마 아닌가? 자연산 上品 같은데?"

"그렇죠? 한번 품질을 감정해 주시면……."

"감정이라면 우리 김 선생이 달인이지. 그렇잖아도 오늘 특별한 약재가 들어올 텐데 구경 좀 해보시려나?"

"특별한 약재요?"

"가보자고."

김 선생은 약제사를 말한다. 황 원장이 천마를 들고 일어섰다.

"김 선생, 약재 왔나?"

약제실 문을 열며 황 원장이 말했다. 약제사가 일을 멈추고 원장을 맞았다.

"채 선생 알지? 갈매도 원장님."

"예……."

"이것 좀 봐줘. 장에서 샀다는데 자연산인지 궁금하신가 봐."

원장이 천마를 넘겼다.

"자연산 맞는 거 같습니다. 생김새를 보니 약성도 上품이겠네요."

약제사가 윤도를 보며 웃었다.

"물건 좀 꺼내봐."

그사이에 원장이 약제사의 어깨를 건드렸다. 약제사는 나무 서랍을 열어 약재 두 덩어리를 꺼내놓았다.

"어떤가?"

황 원장이 보여준 건 우담남성이었다. 경련을 진정시키고 담을 삭이며 열을 내리거나 경련, 소아 경풍(驚風) 등에 쓰는 명약이다. 다만 법제(法製)가 까다롭다. 법제란 한약의 독성과 자극을 없애고 안전하게, 혹은 한약의 치료 효능을 높이고 약효를 변화시켜 치료를 합리적으로 하기 위한 과정이다. 우담남성의 법제는 보통 2년 이상이니 쉬운 일이 아니었다.

약제사가 펼쳐놓은 우담남성은 꼭 구워놓은 고구마와 밤의 합성품처럼 보였다. 원래 이 약재는 남성과 소 쓸개로 만든다. 남성이라는 약재를 고운 가루로 만든 후, 음력 12월에 잡은 누렁 소의 쓸개를 준비한다. 쓸개즙을 받아낸 후에 가루로 만든 남성과 잘 버무린다. 그 뒤에 다시 쓸개 속에 넣고 입구를 동여맨다. 이것을 바람 잘 통하는 그늘에 걸어 서서히 말린다. 오래 말린 우담남성일수록 효과가 뛰어나다.

윤도의 손에는 우담남성 한 덩어리가 들려 있다. 남성과 쓸개의 냄새가 짙어지나 싶더니 분석 정보가 나왔다.

[원산] 한국산.
[약재 수령] 9년.
[약성 함유 등급] 中上품.
[중금속 함유] 유.
[곰팡이 독소] 유.
[약재 사용 유무] 불가.
[용법 용량] 기존 용법 참조.
[약효 기대치] 유해.

'웃!'
분석표를 본 윤도가 움찔 흔들렸다. 수령 때문이었다. 보통 2~3년 말려 쓰는 우담남성. 그런데 이 약재는 무려 9년이었다. 우담남성 중에서 최상급으로 쳐준다는 9년.
"……!"
그 9년을 생각하니 경악의 후폭풍이 몰아쳤다. 이 정도라면 약성 함유가 上上품으로 나와야 했다. 실제로 9년 이상 가는 명품은 거의 없기 때문이었다. 게다가 중금속에 곰팡이 독소 검출이라는 엇갈린 결과. 약효 기대치조차 유해이므로 이 약재는 복용 불가였다. 9년 법제라는 이상(理想)은 이루었지만 애당초 사용한 약재에 문제가 있었든지 아니면 법제 과정의 문제가 있다는 얘기였다. 물론, 윤도의 분석이 맞다는 걸 전제로……

"죽이지?"

황 원장이 대답을 재촉했다.

"예……"

"몇 년이나 법제한 건지 알겠나? 이게 무려……"

"9년 법제하셨네요."

"응? 김 선생이 벌써 말해줬나?"

황 원장 시선이 약제사에게 돌아갔다.

"아닙니다. 아까 뵙기는 했어도 우담남성이란 단어도 안 꺼냈는데요?"

"그런데 어떻게?"

다시 윤도를 바라보는 황 원장의 시선.

"찍었는데 맞춘 모양이군요?"

"그래. 이게 바로 말로만 듣던 9년 법제품이라네. 돈 주고도 구하기 어렵지."

"……"

"마침 옆 도시 검찰청 부장검사와 팀원들이 한약을 원해서 말이야. 게다가 단골들 중에서도 이 약재 들어갈 분들이 있어서 좀 무리를 했지."

"……."

"보기만 해도 눈과 코가 호강하는 것 같지 않나? 이 정도 약재 쓰면 제압 못 할 질병이 없겠지 않나?"

"부장검사라면……."

"그쪽에 개업한 선배 얘기 들으니 성질이 대쪽이라더군. 그래도 알아두면 나쁠 거 없잖아?"

"그러시면 이건 쓰지 않는 게……."

윤도의 눈이 우담남성을 겨누었다.

"무슨 소리야? 일부러 어렵게 구한 약재를 가지고……."

"귀한 약은 맞는데… 제가 보기엔 중금속이나 농약 같은 문제가……."

"뭐라고? 중금속?"

"예, 어찌된 일인지는 모르지만 중금속이 많이 함유된 것 같습니다. 그러니 자칫 약재를 복용했다가 탈이라도 나면……."

"이 사람 무슨 소리야? 초를 치는 것도 아니고……."

황 원장이 눈을 부라렸다.

"죄송하지만 확인해 본 후에 사용하시길 바랍니다."

"이보시게, 채 선생. 침술은 조금 늘었다는 거 인정하겠네만

GMP 인증 전문가도 아니지 않나? 아주 믿을 만한 약재상을 통해 구한 거란 말일세."

GMP 인증.

이는 식약청의 품질관리 기준을 말한다. 한의원에서는 대체로 이 인증을 마친 약재만을 쓰게 되어 있다. 하지만 그 시스템이라고 100% 완벽한 건 아니었다. 예를 들면 관목통 사건이 그랬다. 몇 해 전, 해당 부처 관리 감독의 소홀로 관목통이 통초로 유통된 전력도 있었다.

"실은 제가 약재 보는 눈도 조금 떴습니다."

"……."

"믿지 않으시는군요?"

"아, 아닐세. 그쯤 하세. 우담남성은 내가 알아서 할 테니……."

원장이 헛웃음으로 윤도 등을 밀었다. 약제사도 시큰둥한 눈치였다. 이해는 되었다. 어렵게 구한 약재를 두고 초짜 한의사 주제에 중금속 운운했으니…….

인사를 마치고 나온 윤도는 항구 쪽으로 걸었다. 걷는 걸음마다 우담남성이 밟혔다.

9년 동안 법제한 우담남성.

기막힌 명약이다.

그런데 왜 중금속이나 농약 느낌이 났을까? 윤도의 착각일까? 손에 든 천마를 깨물었다. 맛은 께루묵 찝찝 느끼였다. 푸허, 몸에 좋은 모든 것은 입에 쓰다.

'어쨌든 알려는 주었으니……'

쓰고 말고는 황 원장이 결정할 일이었다. 윤도의 일은 섬으로 복귀하는 것. 그래서 창승이 없는 보건지소를 지켜야 하는 것. 윤도는 뿌웅뿌웅 요란한 고동을 울리는 마지막 배에 올랐다.

* * *

응애응애!

뱃전에 아기 울음소리가 요란했다. 갑판의 난간에서 파도를 보던 윤도가 고개를 돌렸다. 젊은 엄마와 아기가 보였다.

누굴까?

섬의 주민이라야 400여 명 수준. 다는 아니지만 어느 정도 파악하고 있는 윤도였다. 보건지소에 오는 할머니들의 수다 덕분이었다. 뉘집 며느리가 둘째를 낳았다느니 뉘집 며느리는 이혼을 했다느니, 가만히 앉아 있어도 정보가 솔솔 꽂히는 곳이 보건지소였다.

그런데 최근에 아기를 출산했다는 말은 없었다. 그렇다고 관광객도 아니었다. 이 먼 외딴 섬에 갓난아기를 데리고 관광 올 부모가 어디 있을까?

'응?'

아기를 보던 윤도의 얼굴이 살짝 굳어졌다. 아기는 하나가 아니었다. 또 다른 젊은 엄마 둘이 아기를 데리고 등장한 것이다.

"아직도 안 그쳐요?"

다른 엄마가 물었다.

"네, 섬은 아직 멀었나 봐요?"

"아직 꽤 남았대요."

"아휴, 애기 경기 고치려다가 애기 잡겠네."

"힘내요. 그 섬 한의사가 그렇게 용하다잖아요."

"……!"

나중 엄마의 이야기를 들은 윤도가 고개를 들었다.

그 섬 한의사?

'그럼 나?'

윤도가 엄마들에게 다가갔다.

"갈매도에 가세요?"

"네!"

"말씀 듣자니 한의사 만나러 가신다고요?"

"네, 혹시 아세요?"

"한의사를 왜?"

"저희가 영맘 카페 회원들이거든요. 그런데 얼마 전에 우리 회원 하나가 이 섬에 보건소에서 아기 경기를 침으로 고쳤다고 해서요."

"……."
 윤도 머리에 불이 들어왔다. 그때 할머니가 데려왔던 젊은 여자. 그 여자가 안고 있던 아기…….

"그럼 세 분이 갈매도 보건지소에 가시느라고요?"
"우리 말고도 또 있어요."
한 엄마가 배 안을 가리켰다. 안에도 아기를 안은 엄마들이 셋이나 있었다. 아기 병을 고치기 위한 원정 진료. 서울도 아니고 오지의 섬으로 오는 원정이라니…….
"아휴, 배는 왜 이렇게 느리게 간다죠?"
우는 아기의 엄마가 조바심을 냈다. 배를 탄다는 건 어린 아기들에게는 쉬운 일이 아니었다. 그 조바심이 끝날 때쯤 갈매도가 눈에 들어왔다.
"채 선생님!"

세희가 선착장에 나와 있었다. 이장과 어촌계장 등도 나와 있었다.
"괜찮으세요?"
뭍을 밟기 무섭게 세희가 물었다.
"안 괜찮은데요."
"네?"
"보건소에는 왜 알리셨어요? 소장님 이하 쫙 출동하셔서 무안해 죽는 줄 알았습니다."
"쳇, 그게 뭐요? 사람 살리는 게 보통 일인가요?"
"우리 지소장님이잖아요? 같은 직원끼리 도운 게 대수도 아니고……"
"문제는 그게 아니거든요."
"예?"
"채 선생님 이제 곧 본소로 옮겨갈지 몰라요."
"내가 왜요?"
"왜라뇨? 명의 침술이라고 소문 쫙 돌았는데 군수님이나 소장님이 그냥 둘지 아세요? 지역 주민의 건강 향상과 질병 관리를 위해, 라고 공문 한 장 날리면 오고 가는 게 공무원이라고요."
"설마?"
"설마가 아니에요. 분위기가 그렇더라고요."
"너무 오버 마시고 저분들이나 지소로 모셔 가세요."

윤도가 아기 엄마 부대를 가리켰다.
"누군데요?"
"애기들 보면 몰라요? 경기를 고치러 오셨다네요."
"그럼 선생님 보려고?"
"저번에 애기 경기 고치고 간 어머니가 엄마들 카페 회원이시랍니다. 그분이 아마 추천기를 올리셨나 봐요."
"하지만 지소는 섬 주민이나 연고가 아니면……."
세희가 팩트를 내세웠다. 섬 지소의 진료는 섬주민이거나 연고자에 한했다.
"여기까지 저 애기들 안고 왔는데 돌려보내자고요?"
"규정이……."
"규정보다 사람. 일단 모셔 가세요. 침 놔주고 업무일지 작성 안 하면 되잖아요. 문제되면 제가 책임질게요."
윤도가 세희 등을 밀었다.
"채 선새앵, 애썼어!"
이장과 어촌계장도 푸근하게 다가왔다. 두 사람은 원래 창승을 칭송하는 편이었다. 말로만 듣던 S대 출신인 것이다. 그래서 윤도에게 그리 살가운 편은 아니었다.
"아닙니다. 두 분이 힘 써주신 덕분에 헬기가 온 게 행운이었습니다."
"하긴 우리가 힘 좀 쓰긴 했지?"
이장이 어촌계장을 돌아보았다.

"당연하지. 제 놈들이 우리 갈매도 무시할 수 있어?"

어촌계장 목에 힘이 들어갔다. 이장과 어촌계장은 목에 힘 주는 재미로 산다. 그래봤자 반쪽이다. 갈매도의 진짜 호랑이는 차명균이라는 선장이었다. 그는 말보다 눈빛으로 사람을 제압한다.

"그럼 저는 진료 때문에……"

윤도가 돌아섰다.

"움메, 우리 원장님 오셨네."

지소에 도착하자 의자에 옹기종기 앉아 있던 할머니들이 반색을 했다. 보나마나 아침부터 출동한 게 분명했다. 할머니들은 이상하게도 시샘이 많다. 어떤 때는 아침 7시부터 와서 줄을 서기도 한다.

"내가 1등이야."

때로는 그게 훈장이자 자랑이었다.

"응애응애!"

안으로 들어서자 아기 울음소리가 진동을 했다. 여섯 명의 아기가 동시에 우는 것이다. 누가 울면 따라 우는 것. 아기들의 특징이기도 했다.

"어머, 아까 배에서 본 분?"

엄마 하나가 고개를 들었다.

"그분이 우리 한의원장님이신 채 선생님이세요."

세희가 말했다.

"어머어머, 우린 그런 줄도 모르고……."
"너무 젊고 멋지시다!"
젊은 엄마들은 아기 못지않게 경기를 했다.
"설명은 제가 드렸죠? 원래 여러분은 섬 주민도 아니고 연고도 없기 때문에 진료를 받으실 수 없어요. 하지만 원장님이 특별히 봐드리는 거니까 차후에 소문내서 다른 회원들 오시게 하면 안 됩니다. 우리 원장님 징계 먹어요."
세희가 못을 박았다.
"알겠습니다."
엄마들이 입을 모아 합창을 했다.
"그럼 나가셔서 번호대로 기다리세요. 저기 있는 분들은 아침부터 기다리셨거든요."
세희가 할머니 부대를 가리켰다.
"아녀, 아녀. 다 늙은 것들은 쪼매 참으면 되니까 애기들부터 보드라고. 게다가 우리 섬에 온 손님들인데 대접을 해야지."
할머니들이 이구동성으로 말했다.
"고맙습니다."
엄마 부대는 또 한 번 입을 모았다.
첫 아기가 들어왔다. 아기 울음소리는 스크루 엉긴 뱃고동처럼 몸서리를 동반했다. 먼저 맥을 짚었다. 첫 아기는 소아경기가 맞았다. 수구혈에서 불규칙한 기혈이 감지되었다. 호침을 꽂아 혈자리를 달랬다. 비슷하게 들어간 호침에 살짝살짝 자극을 더하고 빼는 윤도. 갓난아기라 그런지 윤도의 손길은 새털처럼 보였다.

손을 타고 온 혈자리의 반응이 윤도에게 집중되었다. 바라보는 세희는 이제 떨지 않았다. 몇 번의 경험을 통해 윤도에 대한 신뢰가 쌓인 것이다.

윤도의 손가락은 미세하게 혈자리를 조절했다. 천분의 일, 혹은 만분의 일… 때로는 강한 자극, 또 때로는 부드러운 자극… 마치 먼 행성의 일을 지구에서 조절하듯 신중했다. 좌로 우로 움직이는 손가락은 마치 피아니스트의 연주처럼도 보였다.

원래는 긴 시간 동안 침을 꽂아야 하는 상황. 하지만 윤도의 손은 마지막 조율까지 단숨에 끝내려는 듯 쉼 없이 움직였다. 그러다 윤도 손이 멈췄을 때, 신기하게 아기 울음과 몸서리도 뚝 그쳤다.

"까악!"

대신 엄마의 비명이 지소를 흔들었다.

"왜요?"

다른 엄마 둘이 문틈으로 고개를 디밀었다.

"그 엄마 말이 맞아요. 우리 아기 울음이 그쳤어요. 진짜 명의세요!"

엄마는 두 발을 구르며 아기를 고이 품에 안았다.

"선생님, 고맙습니다. 고맙습니다!"

이제는 아기 대신 울음을 터뜨리는 엄마였다.

두 번째와 세 번째 아기도 소아경기였다. 다만 시침 혈자리는 서로 달랐다. 두 번째 아기는 머리의 백회혈에 호침을 넣었다. 침을 본 엄마가 놀라 입을 벌렸지만 그사이에 침은 이미 백회혈에 자리를 잡았다. 침은 낮은 각도로 피부를 뚫고 들어갔다. 머리는 침 각도가 크면 골막을 건드려 굉장히 아플 수 있다. 혈관을 건드려 피가 우려도 많았다. 그럼에도 윤도는 능숙하게 호침을 죄다 밀어 넣었다.

아이 대신 엄마가 자지러졌다. 엄마는 자기가 침을 맞는 듯 부들거렸다. 주먹까지 꽉 그러쥐고 있다.

이 부위 또한 긴 시간 동안 침을 넣고 있어야 하는 상황. 하지만 윤도의 손은 침에서 떨어지지 않았다. 이번에도 손가락의 조율은 아까와 같았다. 문제가 생긴 혈자리를 침으로 움직여 주변 조화를 재촉하는 것이다. 아기는 눈물도 없이 떨었지만 그 경기는 오래 가지 않았다.

"하느님, 부처님, 고맙습니다."

안정된 아이를 본 엄마 역시 감격의 포로가 되었다.

"30분 후에 침을 빼주세요."

세희에게 부탁하고 다음 아기를 맞았다. 세 번째 아기 역시 소아경기가 맞았다. 하지만 혈자리는 후계혈과 노궁혈이 문제였다. 아기 손을 바라본 윤도의 선택은 장침이었다.

"어억!"

큰 침을 본 엄마가 소스라쳤다.

"괜찮습니다."

세희가 엄마를 진정시켰다. 윤도의 장침은 일침이혈로 들어갔다. 침 하나로 두 혈자리를 다스리는 것이다. 그러나 후계혈에서 나란히 이어지는 혈자리는 무려 네 곳.

일직선으로 후계—소부—노궁—합곡을 이루니 중간에 있는 소부혈 등을 건드리지 않아야 했다. 윤도는 왼손으로 주변을 살짝 눌러 통로를 확보하고 일침이혈을 성공시켰다. 전 같으면 꿈도 못 꿀 시침이지만 윤도의 손은 알아서 반응하고 있었다. 낮은 파도가 남실거리듯 너무나 자연스러운 시침이었다.

"다음 아기."

윤도가 땀을 훔치며 세희를 돌아보았다.

"선생님, 좀 쉬고……."

"아기가 울잖아요."

윤도는 고집을 꺾지 않았다.

"……!"

물 한 모금 마시지 않고 마지막 아기의 맥을 잡던 윤도 미간이 살포시 구겨졌다. 이 아기는 소아경기가 아니었다.

'심장 쪽?'

맥으로 감을 잡은 윤도가 다시 장침을 뽑았다. 이미 다섯 엄마의 이야기를 들은 엄마는 입술을 꼭 깨물고 잘되기만을

기도했다. 장침은 중완혈로 들어갔다. 중완혈은 위, 즉 밥통의 한가운데 자리한다. 경혈 중에서 첫째 간다는 말을 듣는 혈자리였다. 그곳에서 주변 혈자리의 기세를 읽으려는 윤도였다.

'폐… 간……'

차분하게 혈자리 반응을 체크하다 병소를 알아냈다. 심장 부정맥의 이상이었다.

"이 아기는 소아경기가 아니네요."

윤도가 아기 엄마를 바라보았다.

"그럼 다른 병이에요?"

엄마가 걱정스레 물었다.

"아무래도 심장부정맥 같습니다."

"심장부정맥이라고요?"

"네."

"우는 건 물론이고 우유나 젖을 시원하게 먹지 못하고 호흡도 좀 힘들게 쉴 때가 있죠?"

"네, 저는 하도 울어서 그런 걸로만……"

"침으로 다스릴 수는 있지만 시간이 걸립니다. 이 섬에 오래 머무실 수 없을 테니 제가 임시 처방으로 심부정맥을 다스려 놓겠습니다. 집 근처의 큰 병원에 가보시는 게 좋을 듯싶네요."

"어머어머, 어쩌면 좋아."

엄마의 애탐을 뒤로 하고 윤도의 손은 빠르게 움직였다. 중완에 이어 단전에도 침을 꽂고 간유와 신수혈에도 침을 넣었다. 네 곳의 침을 조금씩 조절하자 아기 표정이 조금 편안해졌다.

"선생님, 우리 아기… 제가 준비를 해가지고 다시 오면 안 될까요? 선생님이 좀 치료해 주세요."

아기 상태가 호전되자 엄마가 간청을 했다.

"아닙니다. 소아부정맥은 병원에서도 치료가 얼마든지 가능하니 굳이… 게다가 이곳 주민이 아니라 장기 치료는 곤란하고요."

"어휴, 무슨 놈의 법이 그래요? 비싼 의료보험료 내는데 원하는 데서 치료도 못 받고."

엄마의 짜증은 세희에게 돌아갔다. 하지만 세희로서도 별 수 없는 일이었다. 그저 예예, 미안하다고 숙이는 수밖에.

"고맙습니다, 선생님!"

배 시간이 다가오자 여섯 엄마 부대는 합창을 하고 떠났다. 됐다고 하는데도 부득 음료수 박스까지 쌓아놓았다. 음료수는 할머니들에게 고루 나누어 주었다. 기다려 준 데 대한 보답이었다.

"할머니, 한잔 드시고 침대에 누우세요."

첫 번째 할머니를 맞았다. 무릎이 좋지 않아 갈래나무 지팡이에 의지해 엉금엉금 걸어온 할머니였다.

"나는 됐고, 이거 원장님 먹어."

할머니가 오히려 인절미를 내밀었다.

"저는 괜찮아요. 오래 기다리셨잖아요?"

"웬걸. 원장님 밥도 못 먹었잖아? 노인들은 많이 안 먹어도 돼."

할머니는 기어이 인절미를 윤도 손에 쥐어주었다.

"아유, 무릎이 왜 이렇게 아픈지. 우리 영감 귀신이 이거 좀 파 가면 좋으련만. 침 좀 잘 놔줘요, 원장님!"

할머니는 피로감도 없이 벌렁 침대에 누웠다.

맥을 잡았다. 할머니는 왼 무릎이 나빴다. 양구혈과 음시혈, 복토혈이 문제였다. 이쪽 혈과 기가 동시에 나빴다. 수로로 치면 말라 버리는 것이다. 보통은 양구혈을 다스리면 좋아질 수 있는 무릎 관절통.

"여기가 아프죠?"

윤도가 무릎 위 근육을 눌렀다.

"아야아!"

할머니가 쉰 비명을 냈다.

"여기도 조금 아프고요?"

"아유, 우리 원장님 인자 귀신이네. 예전에는 엉뚱한 소리나 픽픽 하시더니……"

"그랬어요?"

"응."

"침 한 대 놔드릴게요."

윤도가 침을 당겼다. 맥을 짚은 왼손으로 톡톡 긴장을 풀며 장침을 넣었다.

"……!"

지켜보던 세희가 또 한 번 자지러졌다. 이번에는 무려 일침 삼혈, 장침 하나로 양구혈과 음시혈, 북토혈까지 다 다스려 버린 것이다. 하지만 세희가 보는 건 그저 껍데기뿐이었다. 혈자리 안에서 윤도의 침은 계속 움직이고 있었다. 혈자리의 상황에 따라 각도를 달리해 꽂은 시침. 그 안에서 최적의 효과를 위해 미세한 컨트롤을 수행 중이었다.

침을 멈추고 맥을 잡았다. 조금 나아졌다. 그제야 윤도는 침에서 손을 떼었다.

"왜요?"

넋 나간 세희를 보고 윤도가 물었다.

"아, 아뇨."

"아닌 게 아닌 거 같은데요?"

"신기해서요."

"뭐가요?"

"채 선생님 침술 말이에요. 무슨 드라마나 영화 속 한의사 주인공 보는 거 같아요."

"누가 저를 드라마에 써주겠어요?"

"못 할 것도 없죠. 그거 아세요? 요즘 선생님, 매 환자들에게 다 주인공이라는 거."

"왜 또 비행기 태우신담."

윤도가 옆 침대로 자리를 옮겼다. 이 할머니는 편두통이 있었다. 눈 옆의 태양혈에서 솔곡혈까지 일침이혈로 시침을 했다. 눈 감은 할머니의 얼굴이 편안해지는 게 보였다.
"자, 침 뺍니다."
얼마 후에 첫 할머니의 무릎에서 장침을 빼주었다.
"움직여 보세요."
"……!"
"어때요?"
"시원하네?"
"내려와서 걸어보세요."
"……."
"아까보다는 좋죠?"
"좋다마다. 지팡이 안 짚어도 되겠어."
할머니가 반색을 했다.
"하지만 너무 무리하시면 안 되니까 짚고 다니세요. 안 좋아지면 또 오시고요."
"아이고, 인자 용해졌다더니 진짜네. 야이, 순덕아, 막내야. 나 무릎 나았다. 인자 안 아프다고."
할머니는 고래고래 소리를 지르며 진료실을 나갔다.

그날 저녁, 윤도는 선물 더미에 묻혔다. 할머니들이 바리바리 싸온 선물이었다. 고구마와 감자는 물론이오, 조개와 생선도 푸짐했다. 특히 반건조 민어가 압권이었다.

"이러지 않으셔도 되는데요."

윤도가 사양했지만…….

"아이고, 왜 이런대요. 노인네들 정성인데 이런 거 안 받으면 섭하지."

할머니들은 반강제로 선물을 놓고 가버렸다.

반건조 민어.

윤도의 저녁 반찬에 당첨되었다. 민어는 학교 강의에서도 자주 들었던 생선이었다. 과거에는 임금님 진상품으로도 쓸만큼 고급 생선이었다. 지금도 물론 그렇다. 민어의 명성에 금이 간 건 점성어 때문이었다. 모양이 비슷한 점성어를 민어로 속여 팔면서 민어 이미지를 구긴 것이다. 점성어와 민어의 맛은 하늘과 땅 차이기 때문이었다.

3등분해서 프라이팬에 구웠다. 소금만 찍어도 맛이 기가 막혔다. 생선이라고 다 같은 생선이 아니었다. 식사 중에 잠깐 전기가 나갔다. 섬의 전기 사정은 좋은 편이 아니었다. 그런데… 초를 찾던 윤도의 시선이 책상에 멈췄다. 시선을 당긴 건 산해경이었다.

"……!"

중국에서 함께 생환한 산해경. 그 산해경이 반딧불이처럼 저 홀로 어둠을 밝히고 있었다. 호수에 풍덩 빠졌다가 나왔음에도 새 책 같은 산해경.

신기하기도 하고 두렵기도 한 마음으로 책을 잡았다. 순간 윤도의 눈에 이상한 광경이 보였다. 마치 우주의 삼라만상 같은 광경이 찰나의 순간에 지나가 버린 것이다. 그 안에는 산해경 속의 기이한 생명체들이 가득했다.
　의자에 앉아 책을 넘겼다. 청동거울이 나왔다. 빛은 거기서도 배어나오고 있었다. 그때, 아이의 눈에서 보이던 그 시린 달빛이었다. 빛은 샘물처럼 투명하고 맑았다.
　'이거 대체……?'
　가만히 들여다보던 윤도가 움찔 흔들렸다. 그 통에 거울을 떨구고 말았다.
　'뭐야?'
　윤도는 숨도 제대로 넘기지 못한 채 거울을 집어 들었다.
　'응?'
　산해경 위에 있을 때와 달랐다.
　'조금 전에는 분명…?'
　다시 산해경의 한쪽으로 거울을 비치던 윤도, 이번에는 의자와 함께 나뒹굴고 말았다.
　와당탕.
　"……!"
　쓰러진 채 한동안 일어나지 못했다. 그 자세로 손목을 비틀어보았다. 뒈지도록 아팠다. 이 또한 꿈이 아니었다. 엉거주춤 일어섰다. 다시 책의 한 면에 거울을 올렸다.

'오 마이 갓!'

윤도는 부들거리는 손을 간신히 주체했다. 그리고 부릅뜬 눈으로 거울을 주시했다. 거울 속. 그 속에 산해경의 한 지점이 비쳐지고 있었다. 책의 지명으로 나온 산이었다. 조금 움직이자 산의 지점도 따라서 변했다. 마치 포털 사이트의 지도 보기 같았다. 다른 거라면 거울이 비추는 게 '실물'이라는 거였다. 산해경 속의 실물.

책은 서산경 파트였다. 거울에 들어온 건 '내산'이라는 산. 거울 안을 가득 채운 건 박달나무와 닥나무였다. 나무들은 진정한 원시림이었다. 신기하게도 목향까지 밀려 나왔다.

'이게 말이 돼?'

향기에 놀라 정신 줄을 놓았다. 순간, 괴상한 새가 버럭거리며 괴성을 질렀다.

"빼애에!"

"으헉!"

놀란 윤도가 거울을 치웠다. 그러자 또 다른 해괴한 짐승이 홰를 치며 각을 세웠다. 사람 얼굴이 달린 수탉이었다. 윤도는 얼른 책을 덮어버렸다.

화악!

전기가 들어왔다. 냉장고로 달려가 생수를 들이켰다. 입을 댄 채 반병을 내리 마셨다. 그래도 가슴이 진정되지 않았다.

눈…….

호수에서 이상이 생겼을까? 그렇지 않고서야 책 속에 나오는 상상의 동물들이 보일 리 없었다.

착각이야.

착각이겠지.

'하지만……'

윤도의 시선이 열 손가락으로 향했다. 손가락에서 한기와 온기가 교대로 느껴졌다. 착각인 줄 알았던 진맥과 혈자리도 틀림이 없었다. 이제는 차곡차곡 윤도의 실력으로 쌓이고 있었다. 그렇다면… 그렇다면 저 거울과 산해경도?

꿀꺽!

이제는 모진 결심을 하고 의자에 앉았다. 다시 서산경 편을 펼치고 호흡을 가다듬었다. 녹대산에 거울을 비췄다. 백옥과 은이 많은 산. 거울 지점을 조절하자 산 정상 부분에 우뚝 흰 눈 닮은 백옥 바위들이 보였다. 백옥은 손에 닿았다.

미치겠다.

책과 딱 맞아떨어지는 풍경.

그런데 이게 손에 만져지다니.

목적지를 찾듯 조심스레 거울을 옮겼다. 거울을 따라 산의 풍경이 변했다. 그러다 어느 순간 아까 그 동물이 꼬까악, 해 쳤다.

"……!"

놀랐지만 거울을 움직이지 않았다. 제대로 보려는 것이다.

꼬까악!

사람 얼굴을 한 동물. 책을 보니 부혜라고 나왔다. 부혜는 동영상을 보는 듯 선명하지만 튀어나오지는 않았다. 이번에는 처음 비쳤던 내산을 겨누었다. 우거진 박달나무 숲이 나왔다. 그리고 포악한 얼굴을 한 새도 거울 안으로 들어왔다. 그 새의 이름은 라라. 정이 뚝 떨어지는 포스다. 식인 새라는 설명을 보니 이해가 되었다.

'잡힐 듯 생생하게 보이지만 튀어나오지는 않는다?'

두려움이 가시자 아쉬운 생각이 들었다. 판타지 영화처럼, 혹은 장르 소설처럼 저 안으로 들어갈 수 있다면 어떨까? 산해경에는 수많은 금덩어리들이 나오지만 그런 것에는 관심이 없었다. 저 원시의 순수를 고스란히 간직한 산에서 자생하는 약초나 약재들이 탐날 뿐이었다.

내친김에 다른 곳을 비췄다. 이번에는 부주산이었다. 해설을 보니 이 산에는 물이 콸콸 솟아나는 유택이 있었다. 그 주위에는 복숭아를 닮은 과일나무가 있다. 그걸 먹으면 피로가 가신다. 거울을 조절해 유택을 찾았다. 자연 상태의 산에서 원하는 목표를 찾기는 쉽지 않았다. 일단 물줄기부터 찾았다. 그 주변을 비추다 결국은 목적한 나무를 찾아낸 윤도였다.

'으아!'

감탄이 절로 나왔다. 단순히 문장으로 이루어진 책. 이따금 삽화가 있지만 꼭 같지는 않았다. 그렇기에 마치 보물찾기에 성공하는 기분이었다.

　나무에 꽃이 피었다. 노란 꽃이었다. 잎사귀는 대추 잎을 닮았다. 거울로 열매를 비추었다. 복숭아와 비슷하지만 조금 작았다.

　'저걸 먹으면 피로가 사라진단 말이지?'

　정말일까? 궁금해졌다. 윤도도 사실 피로감이 쌓여 있었다. 게다가 현대인은 모두 피로하다. 책의 말이 진짜라면, 만성피로에 지친 사람에게 하나 건네 피로를 풀어줄 수 있다면… 윤도는 한의사의 바람으로 거울 속 열매를 잡았다. 그런데…….

　"……!"

　거울에 닿은 윤도의 손이 얼어붙은 듯 멈춰 버렸다.

　'이거…….'

　열매가… 복숭아보다 조금 작은 열매가 손에 닿았다. 착각이 아니라 진짜 촉감이 왔다. 현실의 손과 거울 안의 세계… 그게 진짜로 만나고 있었다.

　Real!

　"……!"

　열매…….

　열매가 윤도 손에 쥐어졌다. 거울 속에 손을 넣어 잡았더니 딸려 나왔다. 신기해서 한 번 더 넣었지만 이번에는 잡히지 않았다. 하루에 한 번이라는 뜻일까?

　열매… 바라보는 순간, 저절로 분석이 되어버렸다.

[원산] 산해경.

[약재 수령] 1년.

[약성 함유 등급] 上上품.

[중금속 함유] 무.

[곰팡이 독소] 무.

[약재 사용 유무] 가능.

[용법 용량] 피로 회복과 자양 강장에 탁월함. 깨끗이 씻어 과육을 먹음. 성인 기준으로 절반이면 충분함.

[약효 기대치] 上上품.

上上품.

거기서 시선이 떨어지지 않았다. 순수 자연 야생에서 자란 물건도 上上을 주지 않던 분석표. 이 열매에 최상의 등급을 매긴 것이다. 이해가 되기는 했다. 원시에 가까운 산해경 속의 신산(神山). 기묘한 생명체들이 판타지를 이루며 살아가는 초자연이니 그 약성이 오죽할까? 지구의 지기와 정기를 고스란히 간직한 순수 자연 약재인 것이다.

'피로를 푸는 열매……'

겉으로 보아서는 작은 복숭아처럼 보였다. 향기는 좀 더 강했다. 하지만 약간의 걱정도 앞섰다. 난생처음 보는 열매. 그것도 환상처럼 손에 들어온 열매. 용법에는 아무 말이 없지만 혹시… 잘못 먹어서 죽는 건 아닐까? 한 번 더 분석표를 읽었다. 부작용 등에 대한 언급은 없었다.

와삭.

떨리는 마음으로 한 입 깨물어 버렸다.

"……!"

열매를 문 채 윤도 입의 저작이 정지되었다.

"우웹!"

강력한 쓴맛에 인상이 찡그려졌지만 뱉지는 않았다. 약이다. 좋은 약은 입에 쓰다. 게다가 역겨운 쓴맛도 아니었다. 입안에 문 열매의 과육을 그냥 삼켜 버렸다. 입안에 고인 침을 넘기며 반응을 기다렸다. 괜찮을까?

5분…….

10분…….

그렇게 시간이 지났다. 윤도의 눈꺼풀이 무거워지기 시작했다. 그건 참을 수 없는 졸림이었다.

꾸벅!

고개를 흐느적거리던 윤도는 그 자리에서 잠이 들었다. 그를 지키는 건 먹다 남은 반쪽의 열매, 아울러 아직 손도 대지 않은 또 하나의 열매였다.

똑똑!

문소리가 났다.

쾅쾅!

소리가 조금 더 커졌다. 그제야 윤도가 눈을 떴다. 그냥 뜬 게 아니라 번쩍이었다. 본능적으로 시계를 보았다. 아침 9시 20분이었다.

'지각?'

화들짝 일어서는데 열매가 보였다.

"……!"

그제야 지난밤의 일이 떠올랐다. 거울을 들어 산해경을 비추었다. 산해경의 풍경들이 실물처럼 보였다. 다른 고서들은? 예를 들어 향약집성방이나 본초강목 등은 아무런 반응이 없었다. 오직 산해경에만 반응하는 신비경이었다.

바닥에 남은 열매를 집어 들었다. 간밤에 먹었던 열매. 그러고 보니 이렇게 가뜬할 수가 없었다. 중학교 이후로 언제 꿀잠을 잤는지 기억도 아련한 윤도였다. 늘 몸에 달고 살았던 찌뿌둥한 피로. 그런데 머리는 맑고 눈도 상큼했다. 팔다리에 매달려 있던 피로감도 남의 일이 되었다.

'맙소사!'

윤도는 열매에서 눈을 떼지 못했다. 산해경에서 꺼낸 것만 해도 기적. 그런데 그 열매의 효능이 책과 똑같이 나타난 것이다. 맥과 혈자리로 인체의 이상 여부를 알아내며 신침(神鍼)을 놓는 손가락 신수(神手). 즉석 약재 분석이 가능한 기이한 신안(神眼). 거기에 더해 산해경의 진귀한 약재를 현실로 가져올 수 있는 신비경(神秘鏡)까지…….

신수.

신안.

신비경.

무려 3종 세트가 몸에 내린 것이다.

'오 마이 갓.'

윤도는 무릎을 꿇은 채 거울을 안았다. 연인을 품듯 마음을 다했다. 순간, 방문이 거칠게 열리며 다급한 목소리가 날아왔다.

"채 선생님!"

세희였다.

"은 선생님……."

"일어나신 거예요?"

멀쩡한 윤도를 본 세희가 울상을 지었다.

"예……."

거울을 감추며 대답하는 윤도.

"어휴, 전 또 안 나오시길래 어디가 아픈가 했잖아요? 지금 사람들이 얼마나 많이 와 있는지 아세요?"

"죄송합니다. 제가 깜빡 늦잠을……."

"아니에요. 안 아프면 됐어요. 제가 잠깐 시간 끌 테니 빨리 오세요."

"예."

대답과 함께 방문이 닫혔다.
"휘유!"
윤도 입에서 휘파람이 나왔다. 표정도 확 펴졌다. 남은 열매 하나 반을 허공에 던졌다. 그걸 받아낸 윤도가 미칠 듯한 환호를 울렸다.
"아싸!"

     *   *   *

"원장님!"
지소 앞에서 환자들이 반색을 했다. 환자는 어제보다 더 많았다. 대략 봐도 10명은 넘어 보였다. 원래는 새파란 한의사가 뭘 아냐고 경계하던 사람들. 슬슬 입소문이 나면서 확인차 모여든 모양이었다.
"안녕하세요?"
인사를 하고 가운을 입었다. 의사의 가운은 옷이 아니다. 명예다. 윤도는 그렇게 배웠다. 하지만 변질되면 돈이 된다고 했다. 가운의 공신력으로 돈이나 챙기려는 의사들. 윤도가 일하던 한의원 원장도 그런 부류였다. 의료보험 부정 청구. 변호사를 사서 대략 때웠지만 참 치사한 수법이었다. 하지만 탓할 수 없었다. 원장은 정직한 다른 원장들보다 잘 먹고 잘살았다.

"시작할까요?"

윤도가 세희를 보았다.

"그래야 할 거 같아요."

"그럼 환자 받으세요."

"네!"

세희가 한방 진료실 문을 열어주었다. 첫 환자는 노인 부부였다. 쿨럭쿨럭, 할아버지가 날 선 기침을 토해냈다.

"이 양반이 이렇게 기침을 하면서도 병원을 안 가요. 우리 젊은 한의사 양반이 침을 잘 놓는다니 좀 봐주쇼, 잉?"

할머니가 보호자로 나섰다.

"어디가 안 좋으신데요?"

"가슴이 아프다고 안 하요? 기침도 달고 살고……."

"다른 병은 없나요?"

"혈압이 낮다고 들었는데 병원 간 지가 오래되야서. 당뇨는 저번에 의료봉사 온 데서 검사했는데 없다 했어라."

할머니의 사투리가 정답게 들렸다. 외지에서 시집온 사람인 모양이었다.

"할아버지, 병원은 왜 그렇게 안 가세요?"

윤도가 환자를 바라보았다.

"병원은 무슨… 늙으면 사람 몸이 조금 아프다 말다 하는 거지. 자동차도 연식이 오래되면 골골거리잖나? 쿨럭."

대답하는 할아버지 입에서 가래가 골골 끓었다.

"이 양반 말하는 본새 좀 보소. 집에서는 나를 달달 볶아대면서 혼자만 선비 났네."

"알았으니까 할머니는 잠깐 나가 계세요."

"이 양반 대침 좀 잔뜩 찔러주소. 저놈의 기침이 썰물 나가듯 시원하게 가버리게."

할머니는 다짐을 놓고 복도로 나갔다.

"맥 좀 볼까요?"

윤도가 손을 내밀어 할아버지의 맥을 짚었다. 첫 번째 맥이 손을 타고 건너오는 순간 윤도 심장이 심쿵해졌다. 인체의 맥을 고스란히 느끼는 손가락. 첫사랑의 미녀 연인을 만나는 것도 이보다 설레진 못할 거 같았다.

진맥.

여유가 생긴 까닭인지 깊이도 더해졌다. 진맥은 원래 해 뜰 무렵이 좋다. 몸의 상태를 가장 잘 느낄 수 있는 시간이다. 자신감이 붙으면서 진맥 위치를 바꾸었다. 진맥은 보통 세 군데에서 할 수 있다. 손목과 목, 나아가 각각의 12경맥에서 뛰는 동맥이 그곳이다. 좌우 손목을 체크하고 목으로 나갔다. 12경맥도 다 짚었다. 중지 다음에 검지와 약지가 움직였다.

모든 부위에서 맥이 감지되었다. 이론이 아니라 몸으로 느끼는 윤도였다. 할아버지의 맥을 따라 차근차근 생각을 짚어갔다. 맥은 생기가 있어야 한다. 나아가 맥은 위장의 기운을 근본으로 삼는다. 좋은 맥은 위의 기운이 조화롭다. 할아버지의 위 맥은 약한 편이었다. 잘 먹지 않는다는 신호였다.
'흉통에 기관지천식.'
맥으로 환부를 잡은 윤도가 진폐맥에 집중했다. 진폐맥은 원래 그 기세가 크지만 마치 살갗에 닿는 새의 가슴 털이나 물에 내려앉는 함박눈처럼 허전하다. 할아버지의 느낌은 그보다 더 가물거렸다. 다행히 맥은 어느 정도 고르게 나타났다. 나름 강골인 할아버지였다.
맥에서 가장 위험한 건 진장맥의 등장이다. 위의 기세가 없으면 진장맥이 나타난다. 건강에 치명적인 적신호라고 보면 틀림없다.
진맥을 끝낸 윤도가 장침을 펼쳤다. 지켜보던 세희가 숨을 죽였다. 혈자리를 잡은 윤도의 손이 악기를 켜듯 부드럽게 장침을 꽂아 넣기 시작했다. 흉부의 한가운데를 따라 장침이 거목처럼 우뚝우뚝 자리를 잡았다.
구미혈을 시작으로 선기혈까지 시침한 장침은 무려 일곱 개였다. 그렇다고 무작정 시침한 것도 아니었다. 하나하나 심혈을 기울여 혈자리의 기세를 양측 흉부로 펼쳤다. 각각의 침마다 들어간 정밀함은 오늘도 무아지경의 궁극이었다.
"쿨럭쿨럭!"
장침 다섯 개가 들어갔을 때까지만 해도 할아버지는 가슴을 들썩거렸다. 그 기침이 여섯 번째 장침에 제압되었다. 마지막 일곱 번째 장침을 끝냈을 때 할아버지의 기침은 기가 죽었다.

"후우!"

시침을 끝낸 윤도가 어깨를 들썩이며 물러났다. 지켜보던 세희가 엄지를 세워 보였다. 이제는 옆에서 보는 것조차 즐거운 세희였다.

"채 선생님."

그녀가 접수대로 나오며 말했다.

"지소장님은 자기 자랑할 때 SSS급 닥터라고 하잖아요?"

"그러죠."

윤도가 답했다. SSS급 닥터. 그건 창승이 술을 마시면 공공연히 하는 말이었다.

S대 출신에 S대 병원 인턴출신이라 Special. 그래서 SSS급 닥터였다. 반면 윤도는 LLL급 닥터다. Lag, Local, Looser, 즉 인생에 잠금이 걸려 지방대로 간 실패자라는 뜻이다. 이 신조어는 창승이 어느 날 술자리에서 진담을 농담처럼 뱉은 말이었다.

"선생님은 HHHH급 닥터예요."

"HHHH급요?"

세희가 지어낸 또 하나의 신조어. 이건 또 무슨 뜻일까?

"지소장님이야 골려먹느라 LLL급이라지만 그건 말도 안 되고요, High, Healthy, Heal, 거기에 더해 Heart."

"무슨 말씀이신지······."

"내 마음대로 만든 건데요, 지소장님이 스페셜한 닥터라면 선생님은 초월적 치료사라고요. 환자를 생각하는, Heart, 마음까지 지극한……."

HHHH.

장침을 견고하게 맞물린 모양이다. SSS라는 말에 비하면 뭔가 색다르게도 들렸다. 그래서 마음에 드는 윤도였다.

왜냐고?

'나는 스페셜한 한의사니까.'

윤도 마음에 자부심이 쌓이기 시작했다.

차곡차곡!

"또 비행기 띄워요?"

"비행기 절대 아니에요. 환자 모실게요."

세희는 공직 짬밥 그릇만큼이나 두툼해진 엉덩이를 끌고 가 다음 환자를 받았다.

끼이.

낡은 금속음과 함께 들어선 건 휠체어였다. 며느리와 시어머니 그림이었다.

"어머, 시어머니?"

세희가 먼저 말을 꺼냈다.

"대구에 사시다 며칠 전 배로 들어오셨어요. 혼자 사셨는데 요즘 힘이 없어 잘 걷지도 못하셔서……."

"네에……."

도시에 사는 시어머니와 합친 모양이다. 아들이 대구 사람인 까닭이었다. 윤도가 맥을 잡았다. 진맥이 죄다 약했다. 이

경우에도 진장맥을 염려하는 윤도. 다행히 진장맥은 잡히지 않았다.

한의사들은 왜 이렇게 진장맥을 우려하는 걸까? 그건 오장의 기가 자기 힘만으로는 진맥을 잡는 수태음촌구까지 가지 못하기 때문이다. 오장은 반드시 위맥의 힘을 받아야 거기까지 이를 수 있다.

그러나 병이 심해지면 진장의 기운이 단독으로 수태음촌구에 등장한다. 병이 장기의 힘을 이겼다는 뜻이다. 그렇기에 진장맥이 잡히면 큰 병이나 암 등을 유추할 수 있다. 다만 그때도 위 맥의 여부에 따라 치료를 기대할 수도 있었다.

할머니의 맥은 올 다운이었다. 이른바 부맥이다. 피부 근처에서 맥이 허덕이는 것이다. 몸이 약해질 때 나타나는 맥이니 한마디로 만성피로의 결정판이라고 할 수 있었다.

"할머니가 무슨 일을 하시나요? 몸이 굉장히 쇠약해지셨네요."

윤도가 며느리를 바라보았다.

"그게……"

며느리가 말꼬리를 흐렸다. 그러자 시어머니가 대신 대답했다.

"박스 주워요."

"……"

"맞아요. 이 몸에 밤낮으로 박스를……"

며느리 눈에서 눈물이 떨어졌다. 세희가 티슈를 뽑아 건넨다. 세희는 뭔가 사정을 아는 눈치였다.

"애기 아빠가 새 배를 사면서 수협 빚을 졌는데 그걸 못 갚고 있어요. 자칫하면 배가 압류될 판이라 그거 갚아주신다고 이런 몸으로 박스를 주우러······."

"울기는. 내 몸이 어때서? 죽기 전에는 꿈적거려야지."

할머니는 아무렇지도 않은 듯 말했다.

"어머니······."

"나 안 죽는다. 조금만 쉬고 가서 또 일할 거야. 어차피 죽으면 썩어 문드러질 몸······."

할머니는 굉장히 의연했다. 자식을 위하는 마음은 뼈와 주름만 남은 상태로도 변치 않는 모양이었다.

"침대로 올라가세요."

윤도가 할머니를 부축했다. 혈자리는 복부 위의 중완혈부터 잡았다. 단전과 족삼리, 신수혈에 시침을 하고 신궐과 천추 혈자리도 침을 넣었다. 간의 피로를 풀고 건강을 유지하기 위한 시침이었다. 한의사들 중에는 신궐혈의 침을 꺼리는 사람도 있었다. 옛 문헌에 나오는 경고 때문이었다. 만약 침을 넣은 후에 배꼽이 헐어서 똥이 나오면 죽는다는 말이 그것이었다. 그럼에도 윤도의 손가락은 신궐혈조차 거침이 없었다.

천추혈에서 침을 미세하게 돌려 조율을 했다. 빈 혈자리에 기가 들어오는 게 느껴졌다.

문득 산해경 열매 생각이 났다. 늙은 아들을 위해 고장 난 늙은 몸을 사리지 않는 할머니. 어쩌면 이 할머니를 위해 열매가 나왔을지도 몰랐다.
"할머니, 아, 해보세요."
윤도가 열매 반쪽을 베어 들고 말했다.
"뭐죠?"
"피로에 좋은 특효약이에요. 좀 써도 뱉지 말고 드세요."
"먹고 벌떡 일어날 수만 있다면야……"
"잠이 올지도 몰라요. 졸리면 그냥 편하게 자세요."
"고마워요."
할머니가 입을 벌렸다. 윤도는 듬성듬성한 이빨 사이로 열매 과실을 넣어주었다. 몇 번 입맛을 다시던 할머니가 웁 하고 숨을 멈췄다.
"뱉지 마세요."
윤도가 다짐을 놓았다. 할머니는 끄덕 고갯짓을 하더니 과실을 목으로 넘겼다. 그 이후의 상황은 안 봐도 되었다.
그사이에 윤도는 두 명 환자의 무릎을 돌보고 기침하던 할아버지의 장침을 뽑았다.
"어때요?"
"응?"
할아버지가 숨을 몰아쉬었다.
"좀 개운하지 않으세요?"

"개운하다마다. 가슴에 새 경운기 모터를 단 것처럼 시원한데?"

"다행이네요. 이제 돌아가시고요 식사는 골고루 충실하게 하세요. 알았죠?"

"그러리다. 내 식사 때마다 가슴팍이 답답해서 잘 못 먹었는데 오늘은 좋아하는 된장 회 무침 좀 먹어야겠어요. 여보, 여보, 할멈!"

"워매, 인자 기침 안 한다요?"

소리를 들은 할머니가 냅다 뛰어들었다.

"젊은 의사 선생이 아주 용하네그랴?"

"거봐요. 내가 끝내주는 선상님이라고 안 하요? 나 말만 들으면 자다가도 떡이 나온다니까."

"알았어. 알았으니까 어여 가자고."

할아버지는 밝은 인사를 남기고 진료실을 나갔다. 오늘 내방한 환자들도 만족도가 높았다. 하지만 문제가 하나 있었다. 열매를 먹은 대구 박스 할머니였다.

"어떻게 된 거죠?"

진료 마감 시간, 섬이라 굳이 마감 시간이랄 것도 없지만 내방한 환자들이 다 돌아갔으니 문 닫을 시간이었다. 그런데 할머니가 잠을 깨지 않는 것이다.

"할머니, 할머니!"

세희가 흔들어도 반응이 없었다.

"설마?"

며느리의 시선에 의심이 들어차기 시작했다.

"뭐가요? 곤하게 주무셔서 그런 모양인데… 할머니……."

세희가 한 번 더 흔들었다. 그래도 할머니는 움직이지 않았다.

"비켜 봐요. 이거 자는 거 아니잖아요?"

각을 세운 며느리가 세희를 밀었다.

"우리 어머니께 무슨 짓을 한 거예요? 침 잘못 놓은 거 아니에요?"

며느리의 시선이 윤도를 겨누었다.

"그게 아니라……."

"아니긴 뭐가 아니야? 우리 어머니 살려내!"

며느리의 목소리가 훌쩍 높아졌다.

"그게… 조금만 더 기다려 보시면……."

"기다리다니? 그러다 돌아가시면 니가 책임질 거야? 불쌍한 우리 어머니에게 무슨 짓을 한 거냐고?"

흥분한 며느리가 윤도 멱살을 쥐었다.

"왜 이러세요? 말로 하세요."

세희가 나서 며느리를 말렸다.

"시끄러워. 너도 한편 아니야? 우리 어머니에게 무슨 짓을 한 거냐니까!"

며느리는 다른 손으로 세희까지 끌어당겼다. 바로 그때, 침대 쪽에서 웅얼거리는 소리가 들렸다.
"아휴우!"
할머니 목소리였다.
"어머니!"
"에미야, 너 뭐 하는 짓이냐?"
윤도와 세희를 닦아세우는 며느리를 바라보는 할머니.
"괜찮으세요?"
며느리 손에서 힘이 쭉 빠져나갔다.
"아휴, 저 양반이 명의시네. 침 맞고 무슨 약을 받아먹었는데 몸이 이렇게 가뜬할 수가 없어. 꿀잠, 꿀잠 하더니 이게 바로 꿀잠이네."
"어머니……."
"의사 양반, 고마워요. 우리 동네 침쟁이 한의사들보다 백배 낫네."
침대에서 내려온 할머니가 윤도 손을 잡았다.
"어머니……."
그걸 본 며느리 눈이 휘둥그레졌다. 올 때만 해도 다리에 힘이 없어 휠체어 신세를 진 시어머니가 두 발로 섰지 않은가?
"내가 걷는 거 처음 보냐? 뭘 그렇게 놀라?"
"정말 괜찮으세요?"
"보면 모르니? 내 너희들에게 짐이 될까 봐 여기 안 오려고 했는데 정말 잘 왔구나. 여기서 침 몇 번 더 맞으면 다음 주에 대구로 돌아가도 되겠다."
 할머니가 윤도를 보고 웃었다.
 "죄송합니다. 선생님, 그리고 은 소장님도……."
 며느리는 고개가 땅에 닿을 정도로 허리를 숙였다.
 "아줌마, 그러시는 거 아니에요. 나야 괜찮지만 우리 원장님에게 함부로 하는 건 곤란해요."
 세희 목이 힘이 들어갔다.
 "죄송하다고 하잖아요. 어머니가 안 움직이니까 겁이 나서……."
 "오늘만 용서예요. 다음부터는 절대 안 되요."
 "알았어요. 고맙습니다. 선생님."
 며느리는 연실 꾸벅거리며 진료실을 나갔다.
 "나 잘했죠?"
 두 사람만 남자 세희가 윤도를 바라보았다.
 "두말하면 잔소리죠."
 "그런데 뭘 먹였는데 저렇게 정신없이 잔대요? 보니까 과일 같던데 수면제라도 묻혔나요?"
 "한번 드셔보실래요?"
 "저 할머니처럼 개운해질 수만 있다면야… 저도 피로가 무진장 쌓였거든요."
 "비타민제 매일 드시잖아요?"
 "그거 광고만 요란하지 별거 없어요. 안 먹는 거보다 낫달까?"

"그럼 이거 드셔보세요. 먹으면 졸리니까 잠자기 직전에."

윤도가 열매 반쪽을 건네주었다. 반쪽을 먹은 할머니가 개운해졌으니 세희에게도 효과가 있을 거 같았다.

"못 보던 열매네. 한방에 쓰는 산 열매인가요?"

"네."

"좋아요. 이거 먹고 가뜬해지면 제가 한턱 쏠게요. 이 선생님도 내일 배편으로 오신다고 하니……."

"내일 온다고요?"

"지소장님이야 천년만년 병원에 누워 있고 싶겠지만 그러면 채 선생님만 힘들게요? 어차피 일주일 꼴랑 두 번 보는 진료인데 아파도 여기 와서 아프라고 했어요. 그래도 양심은 있는지 알았다고 하던데요?"

"맹장도 쉬운 병 아닙니다. 너무 무리할 필요는……."

"지소장님은 다시 본소로 가려고 운동 중이잖아요? 그래서라도 올 거예요."

"본소로 간다고요?"

윤도가 물었다. 창승은 보건소장과 삐걱거리다 섬으로 나온 사람이었다. 그런데 자진해서 들어간다니 이해가 되지 않았다.

"그래도 거긴 읍이잖아요. 여기에 비하면 대도시다 이거죠. 이번에 문병 온 소장님하고 중재가 이루어졌나 봐요. 이번 인사 때 움직이게 될 거 같다고 하던데요?"

"예……."

"뭐 솔직히 채 선생님도 잘된 거예요. 우리 군 공보의 중에서는 지소장님이 제일 까탈스러우니까."

"……."

"대우는 S대 병원 전문의 수준을 원하지만 처방은 맨날 올카피, 감기에 타이레놀, 엘도스, 페니라민. 아니면 비인두염, 코푸정, 타이레놀. 관절염에 울트라셋이알, 모빅 캅셀……."

"……."

"내가 너무 심했나요? 얼른 퇴근하세요. 뒷정리는 내가 하고 갈게요."

"예."

"아, 이거 고마워요."

세희가 열매 반쪽을 흔들어 보였다.

지소를 나오자 바닷바람이 귀밑을 훑고 갔다. 시원했다. 그러고 보니 이맘때 느껴지던 피로감도 거의 없었다. 산해경의 열매. 진짜 묘약인 모양이었다.

'그렇다면…….'

윤도의 머리에 다시 거울이 들어왔다. 산해경… 어제 되었다면 오늘도 되지 않을까?

8. 갈매도의 권력자들

차분하게.

목욕재계까지는 아니어도 샤워는 했다. 한의학과 서양의학의 차이라면 심신 수양이 첫손에 꼽혔다. 서양의학과 달리 한의학을 다루는 한의사는 엄청난 수행 과정을 거쳐야 좋은 의사가 될 수 있다. 그렇기에 먼 옛날의 명의들은 도가의 수련까지 게을리하지 않았다. 그렇지 않고서야 한의학의 4대 진단법만으로 난치병이나 불치병 정복은 엄두도 못 내는 까닭이었다.

딸각!

문을 안에서 잠궜다. 누구에게도 방해받지 않으려는 생각이었다.
 '후우!'
 숨을 고르고 산해경을 집었다. 안에 갈피로 끼워둔 거울을 꺼냈다. 거울은 여전히 맑았다. 그것만으로도 한없이 반가운 윤도였다. 판타지 영화나 소설을 보면 이런 경우 옵션이 따라온다.
 뭘 해야 한다. 뭘 하지 말아야 한다. 어떤 사람은 되고 어떤 사람은 안 된다… 어쩌면 이 거울, 벼락이 떨어지는 날만 될 수도 있다. 보름달이 뜬 날만 될 수도 있었다.
 '음… 일단 그건 패스.'
 어제 벼락이 치지 않았다. 어제가 보름달도 아니었다.
 책의 한가운데를 넘겼다. '해외서경'이 나왔다. 해경편이다. 산해경은 산경과 해경으로 이루어져 있다. 원래는 32권짜리였다. 현재 전하는 건 18권이다.
 산경은 5편으로 이루어졌는데 산의 위치를 설명하고 산물(産物)을 설명하는 순서를 밟고 있다. 일종의 지리서적인 성격이다. 해경은 산경과 달리 신화적인 성격이 강하다. 산해경은 본래 산해도라는 그림이 함께 존재했었다. 하지만 그 그림은 '모두' 전하지 않는다. 후대의 사람들이 산해도를 복원해 쓰기도 했지만 그것마저도 전하지 않는 게 많다.
 현재 산해경에 쓰이는 그림은 청나라 학자의 것으로 원본과 달리 단편적 도움을 줄 뿐이다. 달리 말하면 책에 언급되지 않은 약재가 더 많을 수 있다는 뜻이었다.

 윤도의 선택은 적산이었다. 해외서경의 말미에 나오는 곳. 이곳에는 동물이 많다고 나왔다. 호랑이는 물론이오, 이주, 구구, 시육, 호교 등 듣도 보도 못한 짐승 이름들이 즐비했다. 윤도가 여길 비춘 건 숲 때문이었다. 사방 300리에 내리뻗은 광대한 원시림. 그 안의 모습이 궁금했다. 윤도의 관심은 오직 약재이기 때문이다.

 "어흥!"

 거울이 비춘 건 호랑이 떼였다. 무려 네 마리나 되었다. 강철 같은 이빨을 드러내며 으르렁거리는 모습을 보니 등골이 시려왔다. 동물원이나 자연 다큐멘터리에서 보던 호랑이 따위와 비교할 수 없었다.

 다음으로 보인 건 몬스터풍의 짐승이었다. 여러 동물의 특징을 따서 창조된 듯했다. 거울을 조금씩 옮겼다. 그제야 깊고 깊은 산림이 거울 안에 보였다.

 나무를 따라 숲으로 들어갔다. 거울의 조준을 땅에 겨누었다. 약초를 캐는 약초꾼의 시선이다. 숲은 질리도록 깊고 무성해 약초가 쉽게 보이지 않았다. 얼마나 뒤졌을까? 시계를 보니 자정이 넘었다. 시간 가는 줄 모르고 산해경을 탐험한 것이다.

 '내일 계속할까?'

 하지만 윤도는 거울을 놓지 못했다. 이 비경을 두고 잠을 잘 수는 없었다. 그러다 겨우 별 모양의 꽃을 발견했다. 도라지였다. 반가웠다. 보라색 꽃이 소담하다. 본초학 실험 때 교수와 함께 누볐던 지리산에서의 보름. 그때 도라지와 더덕은 좀 캤던 윤도였다.

가장 실한 것으로 한 뿌리만 잡았다. 잡아당기니 현실까지 단숨에 뽑혀 나왔다. 진짜 도라지였다.

'와우!'

까짓 도라지 한 뿌리가 뭐가 중요할까? 하지만 이건 그냥 도라지가 아니라 산해경 속의 도라지였다. 오염되지 않은 산세와 정기를 간직한. 도라지를 보며 분석표부터 뽑아보았다. 만약 현실의 것보다 약성이 약하거나 문제가 있다면 흥분할 이유도 없었다.

[원산] 산해경.

[약재 수령] 7년.

[약성 함유 등급] 上上품.

[중금속 함유] 무.

[곰팡이 독소] 무.

[약재 사용 유무] 가능.

[용법 용량] 기존 용법 참조.

[약효 기대치] 上上.

"……!"

분석표를 본 윤도 입이 쫙 찢어졌다. 또다시 최상의 약재였다. 이제야 알았다. 그동안 윤도가 분석한 자연산들이 좋은 등급을 받지 못했던 이유. 그건 그것들이 자연산이 아니어서가 아니라 현대로 오면서 약해진 산의 지기 탓에 약성이 떨어진 모양이었다.

반대로 산해경 속의 약재들은 하나같이 최상품의 약성을 지녔다. 그건 그 산과 땅이 신비감에 더불어 원시의 지기를 고스란히 간직하고 있는 까닭이었다.

거울을 책의 다른 장소로 옮겼다. 이번에는 대황동경편의 해내였다. 굉장히 큰 게를 만났다. 거의 세숫대야만 한 크기였다. 남해에서 먹어본 털게 맛에 반한 윤도, 호기심이 발동했다.

시계를 보니 이미 새벽 3시에 가까운 시간. 내일은 원래 창승이 진료하는 날이지만 병가 중이니 윤도가 대타로 들어가야 했다. 열매 덕분인지 몸은 피곤하지 않았다. 하지만 핏줄 선 눈으로 진료를 보는 것도 의사의 도리가 아니니 과욕을 접어야 했다.

'꿩 대신 닭이라고…….'

윤도는 게를 잡았다.

하지만!

게는 거울 밖으로 나오지 않았다.

'응?'

손에는 분명 잡혔다. 그러나 나오지 않는 것이다.

'일일일약(一日一藥)?'

문득 스쳐 가는 전설이 있었다. 태백산의 영약 샘물이었다. 명의를 꿈꾸던 백정촌의 마의(馬醫)가 만난 산신. 그의 정성에 반해 탕재를 만드는 신비수를 알려주었다. 그러나 그 신비수는 하루에 단 한 번, 한 바가지만 풀 수 있었다.

한 번 더 시도했던 윤도. 손에 닿는 게가 밖으로 나오지 않자 미련을 끊었다. 오늘만 날이 아닌 것이다.

다음 날, 일과를 마치기 무섭게 거울을 집었다. 다시 해경편의 게를 찾았다. 게는 그 자리에 없었다. 바다의 해변을 뒤지자 게가 나왔다. 다시 게를 찾는 이유는 확인 때문이었다.

책 속 비방은 하루에 한 번뿐일까?

게를 잡았다. 이번에는 힘 들이지 않고도 거울 밖으로 딸려 나왔다. 방 안을 기는 게를 보았다. 일일일약이 맞는 모양이었다.

게!

산삼이라도 캐지 그랬냐고? 물론 산삼이 보인다면 당연히 그럴 윤도였다. 하지만 게도 명약이다. 본초강목에 보면 게의 효능이 나온다. 맺히고 응어리진 피를 풀어 순환이 잘되게 한다라는 구절이 떠올랐다. 맛이 어떨지는 모르지만 노인들과 나눠 먹으면 명약이 될 수 있었다. 피가 맑아지는 것이다.

"추운 바다에 사는 놈이라 그런지 게 맛이 쌉쌀하네?"
지소가 문을 열기 전, 게 요리를 시식한 노인들이 입을 모아 말했다. 산해경에서 나온 게는 담백한 털게 맛이 아니었다. 그 감칠맛 뒤에 쌉싸래한 맛이 있었던 것. 그래도 노인들은 살을 뱉지 못했다.
"특별한 약을 넣은 게탕입니다."
윤도의 말 때문이었다. 슬슬 윤도의 신도가 되어가는 노인들. 죽은피를 풀어주는 약재를 넣었다니 기를 쓰고 먹었다. 큰 냄비 가득하던 게는 국물도 남지 않았다.
"몸이 가뜬하네?"
"눈도 잘 보이는 것 같아."
고혈압에 고지혈증이 있던 할머니들이 입을 모았다. 탁한 피가 맑아지니 시력이 좋아진 듯한 느낌도 틀린 건 아니었다.
"채 선생님."
그제야 출근한 세희가 울상을 지었다. 창승의 빈자리를 메우는 와중에 음식 봉사까지 하니 걱정이 되는 모양이었다.
"그 과일 어땠어요?"
냄비를 치우며 윤도가 물었다.
"엊그제 그거요?"
"네."

"지인짜~ 진짜 직빵이에요. 어제 먹어봤는데 비타민보다 훨 나아요."

"그렇죠?"

"몇십 년 만에 개운하게 일어났다니까요. 그런 꿀잠은 처음이었어요. 스무 살 적에 푹 자고 난 그 기분이라니까요."

"그럼 진료 시작할까요?"

윤도가 찡긋 윙크를 했다.

"진짜 진료 볼 거예요?"

"아니면요? 지소장님 없다고 다 돌려보내요? 저도 명색이 한의사인데?"

"하지만 이러다 섬사람들이 채 선생님만 찾으면……."

"그럼 하루 비워둔 날도 진료 보면 되죠. 어차피 이 섬에서 나가려면 국방부 시계가 돌고 돌아야 하거든요."

"역시 선생님은 HHHH급!"

세희가 힘차게 지소 문을 열었다.

딸각!

침통을 펼쳤다. 아홉 가지 침이 우아한 자태를 드러냈다. 전에는 보기만 해도 부담스럽던 침이었다. 그런데 이제는 너무나 반갑다. 오늘은, 이번 환자는, 어떤 침을 넣어 망가진 혈자리를 고쳐줄까? 생각만 해도 신이 나는 것이다.

침은 술술 들어갔다. 그때마다 노인들의 주름살이 하나씩 펴졌다. 휘파람이 절로 나왔다.

"……!"

그러다 들어온 환자에게서 윤도의 동공이 정지되었다. 갈매도 바다를 좌지우지하는 차명균 선장이었다. 외관상으로는 삐쩍 골은 얼굴이지만 깡다구 왕으로 불리는 강골이었다.

태풍 속에서도 바다를 뚫는 사람, 잘못 걸린 고래 때문에 배가 뒤집어지고도 살아나는가 하면 시시때때 출몰하는 중국 선단에도 절대 꿀리지 않는 갈매도 전사가 등장한 것이다. 갈매도 육지가 어촌계장이나 이장의 홈그라운드라면 바다에서는 차명균이 절대적이었다.

'방어……'

윤도 머릿속에서 방어 떼가 팔딱거렸다.

차명균.

이름 대신 방어가 떠오르는 데는 그만한 이유가 있다. 윤도가 섬에 배속된 지 2주 뒤의 일이었다. 고질적 오십견 위에 어깨 부상을 입은 그가 침을 맞으러 왔다. 그물을 몰래 걷어가는 중국 어선과 일대 격전을 벌이다 어깨를 상한 날이었다. 새 한의사가 왔다니 호기심 반으로 왔던 차명균. 윤도의 환자로서는 처음이자 마지막이었다.

"……!"

침을 맞는 내내 인상을 찡그렸다. 여간해서는 꿈쩍도 않는 사람이다. 오죽하면 화타가 살을 째는 동안 내색도 않았던 관우를 연상했을까? 네 번째 침이 들어갈 때 그가 윤도 팔을 밀어냈다.
 "어이, 한의 선생. 침은 놔봤어?"
 카랑한 목소리가 터졌다.
 "……!"
 윤도는 숨도 쉬지 못했다. 카리스마가 장난이 아니었다. 밖으로 걸어 나간 그는 잠시 후에 돌아와 팔뚝만 한 방어 몇 마리를 던져놓았다.
 "사람 잡지 말고 연습하고 해."
 윤도 발밑에 던져진 방어들이 미친 듯이 펄떡거렸다. 윤도는 그 힘에 밀려 두 번이나 쓰러졌다. 사실 명백한 실수였다. 핑계를 대자면 차명균의 흉터 때문이었다. 옷을 벗은 상체는 멀쩡한 데가 없었다. 어떤 곳은 칼자국이었고 또 어떤 곳은 상처들이었다.
 나중에 들은 얘기지만 그는 젊은 시절 육지 항구의 폭력배였다. 당시 상대 조직이 일본 야쿠자와 손을 잡았고 그걸 깨기 위해 사시미칼 두 개를 들고 혈혈단신 야쿠자의 요트에 올라갔다고 한다. 거기서 그는 야쿠자 일곱을 회 뜨고 자신도 칼빵을 몇 번 맞았다.
 그 기세에 질린 야쿠자들이 한국 진출을 포기했다. 2년 가까운 치료 끝에 회생한 그는 고향인 갈매도로 돌아왔다. 칼빵을 맞고 보니 폭력 세계에 정이 떨어진 것이었다.
 거기에 더한 중국 어부들의 폭행 흔적. 자상과 창상이 말라붙은 등짝은 그야말로 상흔의 바다였다.
"으으으!"
윤도 손에 강진이 일었다. 쌩초짜 쪽에 가깝던 윤도는 혈자리조차 제대로 찾지 못했고, 어쩌다 찾으면 흉터 때문에 빗나갈 수밖에 없었다.
방어와 흉터. 그리고 차명균의 카리스마. 그로 인해 일주일 동안 잠도 제대로 못 잔 윤도였다.
그 후로 그는 윤도를 찾지 않았다. 어쩌다 한번 오면 창승에게 진통제를 받았다. 그런 그가 오늘 등장한 것이다. 그것도 걷지 못하는 늙은 어머니를 등에 업은 채.
"오셨어요?"
세희가 나서 차명균을 맞았다.
"어머니 진료하시게요?"
눈치도 빠르다. 차명균은 매운 눈초리로 어머니를 내려놓았다. 윤도 진료 책상 앞의 의자였다. 어깨는 그때보다도 자연스럽지 않았다.
"새벽에 대문 밖 화장실에 갔다가 앉도 서도 못하는 걸 업고 왔소. 배 들어오면 육지 병원에 나가볼 참인데 노인네가 이웃 할머니들 말 듣더니 부득……."
이 돌팔이 한의사를 고집하네?
차명균의 매운 눈이 뒷말을 암시했다. 세희가 다가와 혈압을 체크했다.

"정상이에요."

그 말을 들으며 진맥을 했다. 발음은 제대로 나왔고 팔도 문제는 없었다. 할머니의 문제는 양다리와 허리였다. 통증이 심해 움직일 수 없다는 거였다.

'찬죽혈 쪽…….'

윤도는 맥으로 혈자리의 문제를 알았다. 연로한 노인. 새벽 찬 바닷바람을 맞으며 밖으로 나갔다. 살갗의 주름들이 제대로 닫히지 않은 채 한기를 맞았다. 그게 경근(經筋)에 통증으로 달라붙은 것이다.

"침대로 옮겨주시죠."

윤도가 차명균에게 말했다.

"……!"

차명균은 우묵한 눈으로 윤도를 쏘아보았다.

자신 있어?

그렇게 묻는 것 같았다.

"옮겨주세요."

강조하는 윤도의 목소리는 낮으면서도 차분했다. 차명균의 기세에 놀라 허둥거리던 목소리가 아니었다. 차명균은 날 선 눈빛을 거두고는 환자를 침대로 옮겼다.

"침 주세요."

혈자리를 잡은 윤도가 세희에게 말했다. 세희가 침을 건네주자 호침을 집었다. 찬죽혈에 이어 인접한 혈자리까지 두 개의 호침이 들어갔다. 침이 들어간 상태에서 미세 조정을 했다. 나이 많은 환자다. 아주 세심한 조절이 필요했다. 환자가 꿈틀하는 게 보였다.

"다리 움직여 보세요."

"못 움직여."

할머니가 지레 대답했다.

"괜찮을 겁니다. 움직여 보세요."

"글쎄 안 된다니… 응? 되네?"

다리를 뻗치던 할머니가 고개를 들었다.

"일어나서 걸어보세요."

"이봐!"

윤도가 바닥을 가리키자 차명균이 견제를 날려 왔다.

"걸어보세요."

윤도 목소리는 더 이상 초짜가 아니었다. 할머니는 온갖 인상을 쓰면서 겨우 몸을 세웠다.

"이봐."

차명균이 재참견하자 윤도가 문을 가리켰다.

"조용히 하시든지 나가 계시든지 하세요."

"……!"

이제 놀라는 건 차명균의 몫이었다. 얼마 전까지만 해도 자신의 눈빛에 깨갱거리며 오줌을 지리던 초짜 한의사. 몇 달 만에 무슨 똥배짱이라도 생겼는지 목에 힘을 주고 있었다.

'오냐, 어디 잘못되기라도 하면 뼈를 추려주마.'

차명균은 잔뜩 벼르며 벽으로 물러났다.

윤도가 호침을 뽑았다. 그런 다음 다시 침을 꽂았다. 이후 처방은 아까와 같았다.

"걸어보세요."

긴가민가하며 두어 발 내딛던 할머니가 고개를 들었다.

"허리가 안 아파."

"……!"

지켜보던 차명균의 입이 쩌억 벌어졌다. 앉은 채 걷지도 일어서지도 못하던 어머니. 어제처럼 걷고 있지 않은가?

"아랫도리에 힘이 없고 등짝이 아프죠?"

윤도 문진이 이어졌다.

"아이고, 귀신이네?"

"다시 누우세요."

이번에 뽑아 든 건 장침이었다. 그걸 든 채 발뒤꿈치에서 혈자리를 잡았다. 장침을 발에 감추기라도 할 듯 죄다 밀어 넣었다. 족삼리에서 해계혈까지 아우르는 무려 일침오혈 제압의 신기였다.

일침오혈.

그 신기에 차명균의 기세가 한 번 더 무너졌다.

─족삼리혈.

이 혈은 하체 스위치로 불린다. 무릎 아래 위치하면서 인체의 불 에너지를 하체로 끌어 내리는 역할을 한다. 반면 상체의 스위치는 팔이 접히는 부분에 자리 잡은 곡지혈이다. 이 혈은 물 에너지를 끌어올리는 작용을 한다. 두 혈을 대칭으로 놓고 보면 인체에서 물과 불이 돌고 도는 상황을 연출하는 형상이다.

옛날 선비들은 먼 시골에서 한양으로 갈 때 곡지혈에 침이나 뜸을 뜨고 출발했다. 그러면 한양까지의 천 리 길도 끄떡없었다.

"……!"

차명균과 세희의 입이 함께 벌어졌다. 풍한으로 인한 급성 요배통이다. 거기에 더불어 좌골신경통까지 아우르는 자침법. 주로 살갗이나 살짝 뜨는 천피침에 비하면 신기의 침술에 다름 아니었다.

"어때요?"

얼마 후에 침을 빼며 확인을 했다.

"아이고, 용하네. 다 나았어. 안 아파!"

할머니가 손뼉 소리를 내며 대답했다.

"가셔서 안정하시고 새벽바람이 찰 때는 옷을 두툼하게 입고 나가세요. 아셨죠?"

"응, 고마워요."

할머니는 주름살을 활짝 편 채 대답했다.

"모시고 나가세요."

윤도가 할머니를 가리켰다. 하지만 차명균은 움직이지 못했다. 황당함이 가시지 않은 것이다.

"왜요?"

"그게……."

말까지 더듬는다.

"지난번에는 죄송했습니다. 제가 선장님 흉터에 놀라서 실수를… 하지만 방어는 잘 먹었습니다. 오늘 할머니 치료는 그때 방어값이라고 생각하세요."

"방어는 얼마든지 있소."

차명균의 기세는 이제 들어올 때와 달랐다.

"무슨 말씀이신지?"

"방어는 필요 없으니 그때 못 한 치료나 좀 해주시오. 장침 들어가는 거 보니 어깨에 그거 한 방 맞으면 시원할 거 같은데… 육지에 가서 침을 맞고 왔을 때는 조금 낫는 거 같더니… 그렇다고 매번 육지에 나갈 수도 없고……."

"또 사람 잡는다고 하시려고요?"

"그때 내가 오해였던 거 같소."

"어깨뿐 아니라 눈까지 맞으신다면 놓아드리죠."

"눈?"

차명균이 대형 거울을 돌아보았다. 그는 냉루(冷淚)가 있었다. 눈에서 늘 눈물이 흐르고 혹시라도 바람을 맞으면 더 심해지는 병이다. 첫 대면 때는 그리 심하지 않았는데 이제는 거의 중증이었다.

"까짓 눈물 따위야… 하지만 어깨는 여러 가지로 고질이라서."

바다 사나이다운 대답이 나왔다.

"누우시죠."

윤도가 침대를 가리켰다. 이제는 아들이 눕고 어머니가 지켜보는 형상이 되었다. 먼저 눈물부터 치료에 임했다. 맥은 정명혈의 이상을 알려주었다. 혈자리에 물이 넘치는 것이다. 눈초리의 바깥쪽 위로 움푹 꺼진 곳에서 혈자리를 잡았다.

정명혈은 눈 속으로 침이 들어가기에 가는 호침을 주로 쓴다. 그럼에도 윤도는 장침을 뽑아 들었다. 이제 손가락의 선택은 웬만하면 장침이었다. 왼손으로 눈을 가볍게 눌러 고정한 후에 코의 비골을 따라 장침을 밀어 넣었다. 서두르지 않았다. 혈자리의 기세를 느끼며 간격을 두었다가 다시 넣었다. 세 번째 시도 끝에야 혈자리가 안정되었다.

정명혈은 원래 사시나 근시, 난시, 백내장, 안면 신경마비 등에 효과를 보는 혈자리다, 각막염이나 결막염에도 효과가 있다. 보통 여길 자극하면 눈이 맑아지고 눈의 피로가 풀린다. 지압만으로도 좋다. 양쪽 눈과 코 사이를 만질 때 작게 파인 곳이 있는데 그곳이 정명혈이다. 엄지와 검지를 좌우의 정명혈에 대고 압박하면서 문지르면 좋다. 조금 센 강도도 50회 정도하면 개운하다.

눈을 해결했으니 어깨로 내려갔다. 차명균의 어깨는 견우혈이 말썽이었다. 조구와 견봉도 정상은 아니었다. 먼저 두 손으로 눌러 혈자리를 안정시켰다. 그런 다음 장침을 뽑아 들었다. 흉터 부위였지만 문제는 없었다. 침은 귀신처럼 자리를 찾았다.

"……!"

막 시침을 시도한 순간, 별안간 윤도 등골에 서늘한 땀이 배어났다. 침이 살 속에서 버벅거렸다. 긴장한 탓일까? 아니면 골막을 건드린 것일까? 별수 없이 침을 뽑았다. 이유가 나왔다. 바늘 끝이 무딘 침이었다. 침놓는 재미에 빠져 있던 윤도. 깜빡 침 관리에 소홀한 게 문제였다.

새 침을 꺼내 시침을 했다. 이번에는 시원하게 들어갔다. 이제는 침을 들어가는 느낌으로도 감을 잡는 윤도였다. 올바른 시침이라면 침이 혈자리로 빨려 드는 느낌이 온다. 장침은 아주 깊이 들어갔다. 침은 병의 경중이나 환자의 기운, 날씨나 계절에 따라서도 깊이를 조절해야 하니 고질병이 된 어깨에는 깊이 넣는 게 옳았다.

"어흐, 시원하다."

침을 돌려 혈자리를 잡아주자 차명균 입에서 괴이한 소리가 나왔다. 견우혈을 잡았으니 조구와 견봉까지 갈무리를 해주었다. 차명균의 어깨와 척추에 긴장이 풀리는 게 보였다.

"……!"

침을 뽑은 후에 어깨를 움직이게 했다. 몇 번 움찔거린 차명균의 시선이 윤도에게 올라왔다.

"선생님!"

느닷없이 존칭이었다. 대충 막말을 섞어대던 말투와 달랐다.

"움직일 만하시죠?"

"이야, 그거 참 신기하네. 중국 놈들 배, 한 열 척은 때려 부수겠는데?"

"중국 어선이 자주 출몰하나요?"

"그럼요. 그놈들 말만 대국이지 양아치도 그런 양아치에 날강도들이 없습니다. 쓰레기 버려, 치어 잡아가. 그것도 모자라 우리가 친 그물까지 걷어가니… 이제 걸리기만 하면 아주……."

차명균이 치를 떨었다. 중국 어선의 해적질 같은 저렴한 행태. 그걸 응징하는 그야말로 진짜 애국자의 하나였다.

"눈은요?"

"어? 그러고 보니 눈물도?"

"여기가 정명혈이라는 곳인데 자주 마사지해 주세요. 그럼 괜찮을 겁니다."

윤도가 차명균의 눈초리를 짚었다.

"어이쿠, 이거 이런 명의신 줄도 모르고 나이 어리다고 무례를 저질렀으니……."

차명균은 어쩔 줄을 몰라 했다.
"덕분에 방어는 실컷 먹었지 않습니까?"
"그깟 방어, 말만 하세요. 날마다라도 낚아다 드릴 테니."
"됐고요, 가서서 일 보셔야죠? 내일 아침에 한 방 더 맞으면 좋은데……."
"내일은 출항해야 합니다. 모레 돌아오면 찾아오죠."
"……."
"이야, 이게 웬일이래? 어머니 업고 왔다가 내 어깨에, 눈까지 싹 치료했으니……."
차명균은 너털웃음을 터뜨리며 진료실을 나갔다. 갈매도의 권력자 또 한 사람의 마음을 사는 순간이었다.

9. 한번 믿어보세요

　침에 투자 좀 했다. 전에 어렵게 구한 마함철(馬嘴鐵) 특수침이었다. 원래 침은 말 재갈로 썼던 쇠로 만든 게 최고였다. 그러다 현대에 이르러 특수 합금 스테인리스 침으로 바뀌었다. 이제 마함철은 구하기도 쉽지 않은 침이었다. 이 침은 관리도 쉽지 않다. 손질에 적어도 삼사일은 투자를 해야 한다. 쇠붙이의 독을 없애는 과정과 환자의 통증을 줄이는 과정 등이 그것이었다.

　그러나 이 침은 인체 친화적이다. 단점이라면 자칫 부러질 수도 있다는 것뿐이었다.

　오늘 일을 상기하며 정진했다. 근무지가 섬으로 확정되었을 때 윤도는 생각했었다. 섬에서 썩는 동안 한의학의 기초를 튼튼히 하는 계기로 삼겠다고. 그 각오로 구입했던 마함철 옛날 침. 조각자 달인이 물에 씻는 과정까지 해둔 것이니 배추 씨 기름을 정성껏 발랐다. 침 맞는 사람이 자신의 한 부분으로 받아들일 수 있도록.

오전 진료를 마치고 부두로 나갔다. 하루 두 번 들어오는 여객선 구경이었다. 창승은 첫 배에 오지 않았다. 대신 별장 차가 나왔다. 이번에는 까만 벤츠였다.
"육지에서 손님이 오는구만."
선착장 아저씨가 중얼거렸다. 윤도의 눈은 멀어지는 벤츠를 따라갔다. 별장의 아가씨가 또 한 번 궁금해졌다. 그녀는 대체 무슨 병일까? 그녀는 미녀일까? 추녀일까?
딩바라랑.
그 순간 윤도 전화가 울렸다. 발신자는 참숯한의원 황녹수 원장이었다.
"원장님!"
황 원장은 지척에 있었다. 배에서 전화를 걸어온 것이다. 윤도가 배에서 내리는 황 원장을 맞았다.
"웬일이세요?"
"웬일은? 채 선생 보러 온 거라니까."
"저를 왜?"

"잠깐 보세. 미안하지만 저 배 타고 다시 나가야 하거든."

황 원장이 윤도를 끌었다. 갈매도는 여객선의 종착지. 다시 나갈 때까지 보통 20~30분 정도의 여유는 있었다.

"채 선생 덕에 살았네. 그래서 찾아왔어."

"저 때문에 살다뇨?"

"우담남성 말일세. 생각 안 나나?"

"……."

그제야 귀한 약재가 스쳐 갔다. 장날 한의원에서 보았던 9년 법제 우담남성.

"그때 솔직히 채 선생 말 안 믿었네. 우리 한약사 말도 기막힌 대물이라고 했었고……."

"그런데요?"

"그런데 그게… 채 선생 말이 맞았어."

"……?"

"거래처 약재상이 그걸 다섯 한의원에 넘겼다는데 먼저 약을 만든 세 군데서 모두 큰 탈이 나지 않았나? 단골손님들이 그거 먹고 죄다 병원행이 되었다네."

"……."

"경찰 수사 결과를 보니 법제 기간 동안 해직된 직원 하나가 앙심을 품고 쓸개즙 가루에 엉뚱한 걸 몰래 넣은 모양이야. 그게 상승작용을 일으켜서… 어휴, 채 선생 말 듣고 찜찜해서 한 이틀 넘겼길래 다행이지 바로 조제에 썼으면 나도 검찰 수갑을 받을 뻔했네. 그 약이 검찰청 부장검사가 중요 범인을 쫓기 위해 몸보신으로 예약한 거거든."

황 원장이 많이 놀란 모양이었다. 설명을 하면서도 식은땀 닦느라 바빴다.

"그래서 말인데……."

황 원장이 약 종이를 펼쳤다. 그 안에서 다른 우담남성이 나왔다.

"하도 놀라서 처다보고 싶지도 않네만 이미 예약을 받은 터라……."

"……."

"좀 부탁하네. 이쪽 한의원은 법제 약재에 밝은 사람이 드물어서……."

지난번에는 윤도 말을 믿지 않던 황 원장. 하지만 직접 경험을 하고 보니 신뢰가 가는 모양이었다. 우담남성을 받아든 윤도가 약재를 바라보았다.

[원산] 한국산.
[약재 수령] 5년.
[약성 함유 등급] 中中품.
[중금속 함유] 무.
[곰팡이 독소] 무.
[약재 사용 유무] 가능.

[용법 용량] 기존 용법 참조.
[약효 기대치] 中下.

"어떤가? 7년 법제라고 해서 구입했네. 9년 만은 못하겠지만……."

"5년 법제 같습니다."

"5년? 그럼 박 사장 그 인간이……."

"약재로 쓰셔도 괜찮을 것 같습니다. 나쁘지 않네요."

中中품으로 나온 약성.

현재의 기준이라면 5년 법제라도 上품에 속해야 했다. 하지만 이제는 의구심을 갖지 않았다. 윤도의 약재 분석 기준은 산해경 속 약재 기준이라는 걸 아는 까닭이었다.

"문제가 없단 말이지?"

"그걸 물으시려고 여기까지?"

"그럼 어쩌겠나? 우리 한약사가 성실하기는 해도 채 선생처럼 약재 속을 꿰뚫어 보는 투시력은 없는 것을."

"별말씀을."

"내친김에 이것도 좀 봐주시겠나?"

원장이 또 다른 약재를 펼쳐놓았다. 모두 귀한 약재들이었다. 하지만 그들 중 두 가지는 하품이었다. 허우대만 멀쩡한 것들. 말하자면 식약청 기준인 GMP 인증에 맞추기에 급급한 대량생산품이었다. 그 둘의 대체를 권하고 천마를 건네주었다.

"천마?"

"제가 캤는데 약성이 기막힙니다. 여기까지 오느라 수고하셨으니 필요한 데 쓰십시오."

"허어, 귀물이군. 척 봐도 지기가 느껴지지 않는가?"

황 원장은 연실 고개를 끄덕였다.

"배 나갑니다."

윤도가 배를 가리켰다.

"저기 이거……."

황 원장이 봉투 하나를 가운 주머니에 쑤셔 넣어주었다.

"이러시지 않아도 됩니다."

"아니, 내 성의일세. 채 선생 아니었으면 나 구속이라니까. 인터넷 뒤져보시게. 사람 잡는 가짜 명품 우담남성이라고 있을 거야. 내 솔직히 1억을 주어도 아깝지 않다네. 그럼 나는 배 때문에… 쉬는 날 뭍에 오시게. 내가 소주 한잔 거하게 쏠테니."

"원장님!"

봉투를 돌려주려고 손을 뻗었지만 원장은 저만치 멀어진 후였다.

뿌우우!

배가 고동을 울리며 멀어졌다. 원장은 갑판 쪽에서 오래오래 손을 흔들어주었다. 봉투 속에 든 돈은 100만 원이었다.

오후 배편에 창승이 들어왔다. 그는 뻘쭘한 얼굴로 지소 문을 열었다. 윤도가 고양이 등에서 장침을 뽑을 때였다. 등이 구부정 굽은 고양이였다. 침이 통하는지 보려는 생각이었다. 고양이는 시원한 울음을 울며 멀어졌다. 고양이에게도 통하는 침술이었다.

"지소장님."

세희가 창승을 보고 소리쳤다.

"미안. 오늘은 내 진료일인데 개고생하네?"

창승이 윤도를 향해 머쓱하게 웃었다.

"퇴원한 겁니까? 몸은요?"

"보다시피."

창승이 배를 두드려 보였다.

"다행이네요."

"저녁에 시간 되지?"

"왜요?"

"뭐 그냥… 간단히 술이나 한잔 하자고."

"그러죠."

간단히 답하자 창승은 문을 닫고 나갔다.

퇴근 시간이 되자 창승이 다시 돌아왔다. 그는 뒤뜰에 주섬주섬 불판을 차렸다. 윤도를 부려 먹던 전과는 조금 달랐다. 지소 문을 닫은 후에 정규 멤버들이 모였다. 윤도와 세희, 그리고 창승이었다.

치직!

불판에 한우 살치살이 올라갔다. 육지에서 사온 모양이었다.

뽕!

맑은 소리와 함께 양주도 한 병 깠다. 그 또한 육지에서 가져온 창승이었다.

"받아."

창승이 윤도에게 양주를 권했다.

"마셔도 됩니까?"

"근무도 끝났는데 안 될 건 뭐야?"

"나 말고 지소장님요."

"이깟 충수염에······."

호기를 부리다 말꼬리가 내려가는 창승. 앞에 앉은 두 사람 때문이었다. 죽겠다고 난리를 치던 그날 밤의 증인들이었다.

"아무튼 침술은 인정. 중국 명의순례에서 제대로 눈을 떴나 봐?"

"아무래도 우리나라 대학에서는 침술보다는 이론 쪽이라······."

"아무튼 고마워."

"공보의로서 당연히 할 일을 했을 뿐입니다."

"우리 소장님도 고생 많았죠?"

창승의 치사가 세희에게 건너갔다.

"아뇨. 요즘 지소 인기가 팍 올라가서 일할 맛이 난다니까요."
"지소 인기요?"
"채 선생님 말이에요. 지소장님 입원한 동안에도 신침이 빛을 발했다니까요. 육지에서 원정 진료까지 다녀갔어요."
"……"
"아까는 그 무뚝뚝하다는 차명균 선장님의 카리스마도 깨갱… 아무튼 갈매도는 채 선생님이 싹 접수해 버렸어요."
"……"

양주 몇 잔에 기분이 헐렁해진 세희가 폭주를 했다. 윤도가 슬쩍 옆구리를 찔렀다. 그제야 오버를 자각한 세희가 급수습에 나섰다.
"이게 다 지소장님 덕분이지 뭐예요."
"큼큼, 내가요?"
창승이 뻘쭘하게 고개를 들었다.
"중국 명의순례 말이에요. 지소장님이 반대했으면 못 갔을 거 아니에요? 그러니 지소장님 덕이죠. 퇴원 기념으로 한 잔 하세요."
세희가 양주병을 들었다. 창승은 받지 않았다.
"아직 무리하면 안 될 거 같아서요. 다음에 찐하게 마시죠."
"저기… 지소장님."
일어서는 창승을 윤도가 잡았다.

"왜?"

"이런 말씀드리기 좀 그렇지만……."

"뭐 내가 듣기 곤란한 말 있어?"

"꼭 그렇다기보다……."

"나 밴댕이 아니야. 뭐든지 괜찮으니까 말해 봐."

"어머니 말입니다."

"누구 어머니? 채 선생 어머니? 우리 어머니?"

"지소장님 어머니요."

윤도가 또렷이 말했다.

"우리 어머니가 왜? 병원에서 채 선생에게 실수라도 했어?"

"그게 아니고… 진단 한번 받아봤으면 해서 드리는 말입니다."

"진단? 우리 어머니?"

"병원에서 손을 잡을 때 우연찮게 맥을 느꼈는데… 목에 병소가 있는 거 같았습니다. 그쪽 맥에 생기가 없었거든요."

"채 선생!"

창승의 목소리에 서늘한 날이 섰다.

10. 일침 명의, 죽은 자를 살리다

"장난 아닙니다. 잘난 척하려는 것도 아니고요."
"……."
"지소장님."
"알았어. 내가 알아서 하지."
"꼭 가셔야 합니다. 늦으면……."
"그만해. 나도 의사야. 우리 어머니 건강 하나 못 챙길까?"
 창승이 슬쩍 각을 세웠다. 윤도는 거기서 말문을 닫았다. 그의 말대로 그의 어머니였다. 직접 찾아온 환자도 말을 안 들을 수 있는 판에 서울로 간 어머니를 윤도가 어쩌랴?
 창승이 사라진 회식 자리에 둘만 남았다.

"진짜 지소장님 어머니가 안 좋은 거예요?"
궁금한 건 세희뿐이었다.
"아무래도······."
"어머, 우리 채 선생님 진짜 허준 넋이라도 쓰였나 봐. 아니면 화타나 편작이라도······."
화타나 편작.
그런 거 다 소용없다. 현대는 서양의학의 시대였다. 그 둘이 현생한다 해도 그들의 의학을 신뢰할 시대가 아니었다. 어쩌면 의사들은 그들의 껍데기까지 벗겨 허구를 증명하려고 할지도 모른다.
'당신 무면허야.'
무서운 말이다. 한의학이 무너진 것도 종이 한 장 때문이었다. 일제시대, 서양의학을 받아들인 일본은 민족 의학 말살 정책을 펼쳤다. 한의사를 양성하던 학교를 강제로 폐쇄시켰고 한의사 면허도 박탈되었다. 그들이 대신 던져준 건 의사 면허보다 한 단계 낮은 '의생' 면허였다. 민족의학이던 한의학의 맥이 잘려 나가는 순간이었다.
그렇게 형성된 높고 높은 불신의 벽.
그 씁쓸함을 안주 삼아 남은 양주를 들이켰다. 그 잔으로 상념을 잘랐다. 양주 따위보다는 산해경에 빠지고 싶은 윤도였다. 그 맛을 어찌 술 따위에 비할까?
"아, 술 마시고 나면 얼굴 또 푸석해질 텐데··· 선생님 혈색 좋아 보이는 비법 같은 건 없어요?"
 잔을 비워낸 세희가 물었다.
 "전에 알려 드렸었는데……."
 "죄송해요. 그때는 솔직히 선생님 말이 별로 신뢰가 안 가서……."
 "……."
 "없어요? 좀 알려주세요."
 "양손을 아랫배에 올리고 배꼽 주위를 시계 방향으로 문지르세요. 몇 차례면 됩니다."
 "그게 다예요?"
 "손바닥에 불이 나도록 비빈 후에 손바닥으로 얼굴을 위에서 아래로 쓸어주세요."
 "또요?"
 "이건 조금 난도가 높은데."
 "괜찮아요. 동안이 될 수만 있다면."
 "우리가 보통 혈색이 좋은 사람을 보면 신수가 좋다, 신수가 훤하다라고 하잖아요?"
 "네."
 "거기서 말하는 신수가 바로 신장이에요. 즉, 신장이 좋으면 혈색이 좋아지는데 신수혈을 자극하면 좋아요."
 "그게 어딘데요?"
 "여기요."

윤도가 혈자리를 짚어주었다. 요추 2~3번 사이에서 양쪽 허리 쪽으로 4—5㎝ 방향이었다.

"자기 전에 항문을 최대한 오므리고 신수혈을 100여 차례 문지르세요. 그 후에 윗니와 아랫니를 지긋이 몇 번 깨물고 자면 되요."

"으음, 뭐 해볼 만하네요."

세희는 신수혈을 문지르며 숙소로 돌아갔다.

사택으로 가는 밤길, 쏴아아 쏴아아 파도 소리가 윤도의 길동무를 해주었다.

빠라빠라랑!

파도를 따라 전화가 울렸다. 모르는 전화였다.

"선생님, 안녕하세요?"

젊은 여자 목소리가 나왔다.

큼큼, 양주 세 잔밖에 안 마셨지만 혹시라도 취한 목소리가 나갈까 봐 목청부터 가다듬었다.

"어디에서 전화 거셨죠?"

"서울이에요."

'서울?'

"저번에 아기 경기 때문에 찾아갔던 엄마예요. 부정맥 기억하세요?"

"아, 네……."

"그날 올라와서 다음 날 병원에 갔어요. 선생님 말처럼 부정맥이었어요."

"네."

"의사 선생님이 빨리 와서 수술도 수월하게 되었다고 해요. 그래서 선생님께 감사드리려고요."

"아닙니다. 아기가 건강하면 그만이지요."

"우리 아기, 이제 울지도 않고 숨소리도 좋아요. 정말 고맙습니다."

"아기 잘 기르세요."

인사를 하고 전화를 끊었다. 창승으로 하여 다소 찜찜하던 기분이 확 풀렸다. 서양의학이면 어떻고 한의학이면 어떠랴? 의학의 존재 이유는 단 하나다. 닥치고 병자를 고치는 것. 건강한 삶을 영위하게 해주는 것.

과거의 명의 중에는 침을 놓을 때 얇은 옷차림을 하는 사람이 있었다. 환자의 기를 놓치지 않으려는 노력이었다. 한의들은 환자를 살릴 수 있다면 무엇이든 하는 사람이었다. 그렇기에 허준 같은 명의도 직접 약을 찾아 산을 뒤지곤 했다. 그 수고로운 과정 속에 환자를 사랑하고 목숨을 중시하는 의술의 정수가 담겨 있었다.

윤도의 마음은 산해경 앞에서 멈췄다. 미소가 절로 나왔다. 오늘은 무슨 약재를 찾아볼까? 화목이라는 나무의 열매를 따서 무기력한 환자들에게 기력을 찾아줄까? 아니면 식저를 찾아 근심 병을 낫게 할까? 아기 엄마들을 위한 거라면 용골을 닮은 천영을 찾는 것도 좋았다. 땀띠를 없애준다니 사소하지만, 엄마들에게는 좋은 선물이 될 수 있었다.

차분하게 책의 처음으로 갔다. 대충 여기저기 맛을 보았으니 차근차근 훑어갈 생각이었다. 남산경이 시작이었다. 작산이 출발이며 그 첫머리에 소요산이 나왔다. 서해의 가장자리에 닿은 지역이었다. 여기서도 굉장한 약재를 만났다.

축여.

부추처럼 생긴 풀이다. 먹으면 허기가 지지 않는다고 한다. 가난한 사람을 구하는 데는 이보다 좋은 약재가 있을 수 없었다. 이 산에 사는 성성이라는 짐승 고기를 먹으면 달리기를 잘한다고 한다. 우리나라 육상이나 마라톤 선수에게 처방하면 총알 탄 사나이 우사인 볼트를 넘을지도 모른다. 조개의 하나인 육패도 욕심이 났다. 그 껍데기를 몸에 차면 복부 질병을 예방하니 복부 예방주사로 안성맞춤이었다.

동쪽 당정산으로 옮겨가자 나무가 많았다. 그만큼 많은 게 또 있었다. 바로 수정과 황금이었다.

'황금……'

금값이 천정부지로 오른 지금이었다. 덩어리 몇 개만 집어내도 병원을 차릴 수 있다. 호기심에 누런 금덩이를 잡았다. 딸려 나오지 않았다. 얌전히 제자리에 내려놓았다. 윤도가 취할 수 있는 건 오직 약재였다. 그것도 하루 한 번이었다.

뒤에 이어진 건 청구산이다. 거기 원시의 늪지대가 보였다.

늪에서 기이한 물고기를 만났다. 이름은 적유. 머리가 마치 사람 얼굴을 닮았다. 하지만 소리는 원앙새처럼 맑았다. 신기함에 못 이겨 윤도의 손이 저절로 움직였다. 한번 만져보고 싶은 것이다. 그런데……

푸득!

물고기가 그만 거울 밖으로 나오고 말았다.

"……!"

실수였다. 두 손으로 물고기를 받아든 윤도, 넋이 반쯤은 나갔다. 펄떡거리지 않는가? 소리를 내지 않는가? 찬찬히 형태를 살핀 후에 거울 안으로 밀었다. 들어가지 않았다.

'응?'

다시 해도 다르지 않았다. 나올 때는 자연스러웠지만 들어갈 때는 벽이었다. 그러는 사이에 물고기, 즉 적유가 숨을 멈췄다.

'뭐야?'

당황하는 순간, 윤도의 약재 분석기가 돌아갔다.

[원산] 산해경.
[약재 수령] 17년.
[약성 함유 등급] 上上품.
[중금속 함유] 무.
[곰팡이 독소] 무.

[약재 사용 유무] 가능.

[용법 용량] 피부병에 특효. 한 마리를 통째로 보름은 낮에, 보름은 밤에 그늘에서 말려 잡질을 제거하고 극세말로 만들어 사용. 총량을 3회에 나누어 복용함. 혹은 33시간을 고아 총량이 10분의 1로 줄어들면 방울로 복용.

[약효 기대치] 上上.

적유.
피부병 대박 특효약이었다.
'맙소사.'
탄식의 이유는 용법과 용량 때문이었다. 지금까지는 기존 용법대로 하라더니 조제법이 따로 나왔다. 잡질을 제거하라는 건 허튼 것이 들어가지 않게 하라는 것이고 연말이니 극세말이니 하는 건 가루로 쓰라는 말이다. 놀라지 않을 수 없는 처방이었다.

엉뚱하게 얻게 된 적유. 이건 또 무슨 운명일까 싶어 냉장고에 담았다. 말린다고 해도 아침이나 되어야 시작할 일이었다.

한잠을 붙였지만 일찍 눈을 떴다. 산해경 때문이었다. 손가락 때문이었다. 아니, 그 모든 능력들 때문이었다. 설명할 수 없지만 하늘이 내린 이 능력. 그걸 생각하면 잠이 오지 않았다.

창밖을 보니 항구가 환했다. 이른 새벽, 어선들이 출항하는 것이다. 차명균 생각이 났다. 깡으로 뭉친 그가 침을 맞으러 올 리 없었다. 하지만 한 대 더 맞으면 오래 가뜬할 일. 잠도 깬 마당에 침통을 챙겨들고 나섰다. 옛날 한의들은 심심산골 왕진도 갔었다. 코앞 항구까지 못 갈 것도 없었다.

"선장님!"

항구에 이르러 대양호를 보며 외쳤다. 그 배가 차명균의 배였다.

"어, 원장님."

어구를 확인하던 차명균이 반색을 하며 돌아보았다. 윤도가 침통을 들어 보였다.

"아, 이러지 않으셔도 되는데……"

차명균은 결국 웃통을 벗을 수밖에 없었다. 윤도는 선장실에서 자침을 했다. 그사이에 선원 둘이 뻘쭘하게 서성거렸다.

"어깨 아프세요?"

눈치를 깐 윤도가 물었다.

"예… 그놈의 오십견이 왔는지……"

선원 하나가 눈치를 보며 말했다. 선원들은 크고 작은 근육통과 관절염을 달고 산다.

"그럼 돌아와서 지소에 가. 나도 신세 지고 있는데 최 씨까지?"

"괜찮습니다. 이리 와서 옷 벗고 앉으세요."

윤도가 차명균을 막았다.

"아이고, 이거 죄송해서… 이게 견딜 만했는데 엊그제 중국 놈들 하고 어구 싸움 하면서……."

선원 둘이 사이좋게 옷을 벗었다. 진맥을 하니 오십견과 어깨 통증이 맞았다. 세 사람을 놓고 사이좋게 장침을 넣어주었다.

"이야, 진짜 가뜬하네?"

"그러게. 젊은 분이 대단하구만."

발침을 하자 어깨가 풀린 두 선원이 입을 모았다.

"고맙습니다. 새벽부터 일부러 오셔서……."

"웬걸요. 잠이 안 와서 나왔습니다. 만선이나 채워서 오세요."

"당연히 만선이죠. 게다가 이제 어깨도 시원하게 나았으니 중국 새끼들 어망 도둑질하다 걸리기만 하면 다 죽음입니다."

차명균은 사자후를 남기고 출항을 했다. 그들이 사라진 수평선 위로 아침이 밝아왔다.

사택으로 돌아가는 길, 멀리 노란 별장이 보였다. 별장 너머에서 비치는 햇살이 묘한 느낌으로 아롱거렸다. 저 안에는 여러 공주가 살고 있다. 잠자는 공주, 미녀 공주, 추녀 공주, 식물인간 공주, 몽유병 공주. 젊은 여자에 대한 소문은 너무 많아 종잡기도 힘들었다.

문득 그녀가 궁금해졌다. 지금의 윤도, 공주의 어떤 병이라도 치료할 수 있지 않을까 하는 자신감 때문이었다.

식물인간 공주―치료가 될까?

몽유병 공주―침술이 통할까?

미치광이 공주―장침으로 뇌를?

질러가던 생각이 적유에서 멈췄다. 적유가 피부병 약이 아니고 정신병 약이면 더 좋지 않을까? 그런데… 마침 그쪽에서 벤츠가 달려오고 있었다. 속도가 굉장히 빨랐다. 벤츠가 오갈 시간이라면 배 시간뿐이었다. 별장 사람들은 물건도 다 서울에서 공수해다 먹었다. 그렇기에 이 시간에 벤츠가 나올 리 없었다. 드라이브 같은 것도 즐기지 않는 별장이었다.

"워매, 쪼까 찬찬히 좀 다니쑈, 잉!"

앞마당에 나물 찐 걸 널던 할머니 하나가 질겁을 하며 소리쳤다. 벤츠는 아랑곳없이 속도를 높였다.

끼익!

사택에 가까울 무렵, 폭주하던 벤츠가 급정거를 밟았다. 놀랍게도 지소 앞이었다. 별장에서 일하는 50대의 박 기사였다. 그가 미친 듯이 지소 문을 두드렸다.

"왜 그러시죠?"

윤도가 다가갔다.

"여기 의사 있죠?"

"그렇습니다만."

"선생입니까?"

"저는 한의사고 의사는……."

"부탁합니다. 응급환자예요."

기사가 조바심을 냈다. 윤도가 창승에게 전화를 걸었다. 창승과 세희는 5분여 만에 달려왔다.

"타시죠. 시간이 급합니다."

기사가 벤츠를 가리키며 재촉을 했다.

"무슨 일이신지?"

창승이 물었다.

"사람이 갑자기 쓰러졌는데 숨을 쉬지 않습니다. 어서요."

'숨?'

창승의 눈이 휘둥그레지는 게 보였다.

"부탁합니다. 어서요!"

기사는 숨이 넘어갈 지경이다. 그래도 창승의 발걸음은 선뜻 떨어지지 않았다. 그의 말대로 S대 의대 나와 S대 병원에서 인턴을 마치기도 했다.

하지만!

이 낙도의 섬에서 뭘 어쩐단 말인가? 의사는 의료 장비와 의료기사의 도움이 필수적이다. 중대한 병일수록 그렇다. 수술 등에서는 로봇도 있어야 한다. 그러나 현재 그가 지닌 건 청진기 하나뿐이었다. 꼴랑!

"제세동기 가지고 가보죠."

역시 세희였다. 짬밥으로 무장한 그녀는 제세동기를 챙기고 가운도 던져주었다.

"채 선생, 같이 가지."

창승이 윤도를 엮고 들어갔다. 이럴 때는 혼자보다 둘이 든든하다. 윤도도 별수 없이 동승을 했다.

"네, 네. 지금 가고 있습니다. 헬기는요?"

기사의 전화에 불이 났다. 아직 첫배가 들어오려면 먼 상황. 사적으로 헬기를 요청한 모양이지만 섬까지 오려면 만만한 시간이 아니었다.

슬쩍 보니 창승이 굳어 있었다. 원래는 별장 한번 가기가 소원이었던 그였다. 술자리에서 몇 번이고 들었던 윤도였다.

"아, 저 별장 여자… 나한테 한번 보여주기만 하면 바로 진단 나올 텐데… 시골에 묻혀 있으니 명의 못 알아보네."

지금 표정은 그때와 달랐다. 환자가 숨을 쉬지 않는다. 어쩌면 이미 절명했을지도 몰랐다. 그리고… S대 팔아봤자 인턴 출신 아닌가? 아니, 설령 그 병원의 진료과장인들 이 낙도에서 무엇을 어쩔 것인가?

"채 선생님."

뒷좌석에 함께 탄 세희가 침통을 넘겨주었다.

"……?"

"아무 장비도 없잖아요? 어쩌면 선생님이 더 필요할지도 몰라요. 그 신기의 침술 말이에요."

일침 명의, 죽은 자를 살리다 225

세희가 침착하게 속삭였다. 그 또한 짬밥의 힘이었다.

"……!"

별장에 들어서기 무섭게 창승이 얼어붙었다. 침대의 환자는 젊었다. 그러나 여자는 아니었다.

"언제부터 이랬습니까?"

창승이 물었다.

"30분쯤 되었어요."

대답은 사모님이 했다. 경황이 없는 중에도 기품이 가득한 장년의 여자였다. 창승이 청진기를 댔다. 여러 번 확인했다. 그리고… 오래지 않아 고개를 떨구었다.

"선생님."

사모님이 고개를 들었다.

"숨이… 끊긴 거 같습니다."

창승이 말했다. 세희 쪽에도 고개를 저었다. 제세동기 같은 건 소용없다는 뜻이었다.

"아!"

사모님이 그 자리에서 넘어갔다.

"사모님."

한 덩치 하는 가정부가 부축을 했다. 세희도 도왔다.

"다시 좀 봐주세요. 우리 도련님이 얼마나 건강 체질이신데……."

기사의 다그침에 창승이 한 번 더 수고를 했다. 그래도 호흡은 없었다.

"죄송합니다."

창승의 고개가 한 번 더 떨어졌다.

"세상에나!"

사모님은 또다시 넋을 놓았다.

"말도 안 돼. 선생님이… 선생님이 다시 확인해 주세요. 이렇게 가면 안 되는 분입니다."

이번에는 기사가 윤도 등을 밀었다. 지소의 일 따위는 전혀 모르는 별장. 가운을 입고 있으니 닥치는 대로 밀어대는 기사였다. 창승은 밖으로 나갔다. 더는 무의미하다는 뜻이었다. 반강압에 밀린 윤도가 맥을 잡았다. 잡히지 않았다. 심호흡을 하고 한 번 더 잡았다.

"……!"

순간, 윤도 손끝에 가느다란 신호가 왔다. 마치 바다 깊은 심연의 그곳에서 낚싯줄을 건드리는 듯 아련한 생명의 신호.

'응?'

윤도가 다시 집중했다. 새털이 내려앉는 느낌이지만 맥은 분명 남아 있었다. 윤도의 손이 허벅지로 옮겨갔다. 그곳에 손을 대고 한참을 머물렀다. 느껴졌다. 다른 곳에 비해 온기가 높았다.

'살아 있다.'

윤도의 오감이 말했다. 그 말은 바로 입을 타고 나왔다.

"아직 죽지 않았습니다."

"……?"

그 한마디에 모든 사람들이 소스라쳤다. 세희와 사모님, 가정부와 기사. 그리고 다시 들어온 창승까지도 예외는 없었다.

"채 선생."

창승의 태클이 선착으로 들어왔다.

"살아 있습니다."

"이봐. 지금……."

"은 선생님, 침 준비 좀 해주시겠습니까?"

윤도가 세희를 재촉했다. 동시에 그 자신은 가운을 벗고 남자와 나란히 누웠다.

"이봐요."

사모님이 뭐라 할 기세였지만 뒷말은 나오지 않았다. 윤도가 남자와 나란히 누운 건 혈자리 확인 때문이었다. 몇몇 경혈에는 보다 바람직한 취혈 자세가 있었던 것이다. 예를 들면…….

견우혈—팔을 위로 들고 혈자리를 잡는 게 좋다.

액문혈—주먹을 쥐고 혈자리를 잡는 게 좋다.

청회열—입을 벌리고…….

신도혈—몸을 굽혀서…….

거궐혈·전중혈—위를 보고 누워서 혈자리를…….

윤도 손이 거궐혈을 먼저 짚었다. 심장의 상태를 드러내는 주요 혈자리의 하나 거궐혈. 그건 명치 바로 아래에 자리하고 있었다. 주변이 강철처럼 단단해졌다. 손을 전중혈로 옮겼다. 이는 양 유두의 사이에 존재하는 혈이었다.

"……!"

윤도의 신경이 극한으로 곤두섰다. 미세한 감이 온 것이다. 벌떡 일어난 윤도가 그 자리에 장침을 밀어 넣었다. 순식간의 일이었다. 밀어 넣은 채, 윤도는 혈자리의 반응을 살폈다. 그 감이 올 때까지 숨도 쉬지 않았다.

심연.

갈매도의 앞바다는 깊다.

그러나 인간의 심장만큼 깊은 심연이 있을까? 그 바다에 침을 담그고 물살의 흐름을 살피는 격이었다. 거대한 기둥도 아니고 꼴랑 침 하나다. 그래도 윤도는 그 시도를 마다하지 않았다. 젊은 생명이 걸린 일. 망망대해에 남아 있는 생명의 신호. 몰랐으면 모를까 감을 잡은 다음에야 포기할 수 없었다. 온몸으로 생명의 존귀함을 보살펴야 하는 한의인 까닭이었다.

신호…….

오거라.

제발 내 손끝에…….

윤도의 비원을 알았는지 혈자리가 응답을 했다. 그 미세한 울림이 침으로 전해온 것이다. 침 끝을 그쪽으로 옮겼다. 좁쌀보다 조금 큰 혈자리 안에서의 시도였다. 그런 다음 침을 돌리고 움직이며 잠든 혈을 깨웠다. 오 분, 십 분이 지나자 혈자리의 울림이 조금 커졌다.

'후우!'

그제야 안도의 숨을 쉬고 거궐혈로 옮겨갔다. 거기도 장침을 시침했다. 사모님의 황당한 시선이 연실 세희에게 건너왔다. 세희가 잘라 말했다.

"젊지만 침 하나는 대한민국 최고세요. 믿어보세요."

사모님은 시계를 보았다. 그들은 헬기를 요청하고 있었다. 하지만 아직 프로펠러 소리가 들리지 않는 상황. 이미 숨소리가 꺼진 상태니 지켜보는 수밖에 없었다.

윤도의 손은 신기에 가깝게 움직였다. 완벽하게 침묵하는 심장. 한의에서 심장은 군주지관으로 불린다. 한 나라의 왕과 같다고 보는 것이다. 또는 심주신(心主神)으로도 불린다. 정신을 주관하는 장기로 본다. 한의학에서는 심장의 영역에 뇌의 기능을 포함하고 있었다. 울화통이 치밀 때면 머리를 치지 않고 가슴을 치며 한탄하는 걸 보면 쉽게 이해할 수 있다.

심장 주변의 혈자리에 들어간 장침은 모두 7개였다. 그 수는 오행에서 심장을 상징하는 숫자 중의 하나였다.

"양말을 벗겨주세요. 팔도 펼쳐주시고요."

또 다른 장침통을 열며 윤도가 소리쳤다. 이제 모두는 숨을 죽였다. 창승도 그랬다. 눈앞에서 움직이는 윤도는 한의대 갓 졸업한 초짜가 아니었다. 맹세컨대 창승을 가르치던 S대의 내과 과장들도 이 정도의 진료 카리스마는 없었다.

윤도의 장침은 쉬지 않았다. 두 장침이 겨드랑이의 극천혈에 들어갔다. 이 혈은 정신을 맑게 하고 마음을 평안하게 하는 혈자리. 장침의 마지막은 발바닥의 용천혈이었다. 그 또한 울화를 내리는 혈자리였다. 그곳까지 시침을 마치자 놀라운 일이 일어났다. 남자의 가슴팍이 들썩하더니 꾸르륵 숨소리가 넘어온 것이다.

"사모님!"

기사와 가정부가 소리쳤다.

"세상에!"

사모님은 또 한 번 자지러지고 말았다. 환자의 기사회생이었다. 어깨가 움직이는 것이다. 그사이에 헬리콥터 소리가 들려왔다. 아침 해가 완연한 바다 위였다. 헬기는 별장의 넓은 정원 끝에 살포시 내려앉았다. 응급구조용 닥터 헬기나 119 구급대 헬기는 아니었다.

TS.

눈에 익은 로고는 태산전자였다. 국내 굴지 기업 중의 하나인 태산전자. 베일에 싸였던 별장은 태산전자와 관련이 있는 모양이었다. 구급 의료진들은 한달음에 별장에 뛰어들었지만 바로 남자를 싣지는 못했다. 윤도 때문이었다. 윤도가 침을 뽑고 있었던 것이다.

"아후!"

남자 입에서 긴 숨이 밀려 나왔다. 이제는 완전하게 정신이 든 남자였다.
"진웅아!"
사모님이 남자를 끌어안고 눈물을 쏟았다. 윤도는 그제야 자리를 비켜주었다. 헬기의 의료진들이 남자를 수습해 갔다.
투타타타!
헬기는 왔던 항로를 향해 씩씩하게 날아올랐다.

11. 별장의 괴물

"선생님!"

세희가 윤도에게 다가왔다.

"예."

"최고였어요."

땀에 젖은 그녀가 엄지를 세워 보였다. 그 손에 걸린 햇살처럼 윤도가 부드럽게 웃었다.

"저기……."

막 지소로 돌아가려던 참이었다. 사모님이 윤도에게 다가왔다.

"경황이 없었네요. 인사도 제대로 못 드렸는데 차라도 한잔 드시고 가시죠?"

"지소가 문 열 시간이라서요."

윤도가 사양 의사를 밝혔다.

"그럼 선생님만이라도."

사모님은 완강했다. 결국 창승과 세희가 먼저 돌아가게 되었다.

"드세요."

고풍스러운 테라스에서 차를 받았다. 방금 전 일촉즉발의 분위기와는 달리 차분한 향이 나는 차였다.

"한의사시라고요?"

"예."

"저희 아들을 살리셨습니다. 나중에 회장님이 오셔서 따로 인사를 드릴 겁니다. 지금은 중국에 나가 계셔서……."

"그러실 필요 없습니다. 의사의 본분인데요."

"아무튼 대단하시네요. 나이도 젊어 보이는데……."

"학교에서 배운 대로 최선을 다했을 뿐입니다."

"이 섬에서 일하시면 공보의?"

"예."

"명의감이시네요. 우린 우리 아들이 죽은 줄만……."

숨 가쁘던 순간을 상기한 사모님 눈에서 눈물이 나왔다.

"……."

"애가 스트레스가 심했어요. 그러더니 갑자기……."

"맞습니다. 아드님의 상태는 일종의 깊은 쇼크였습니다. 한의로 치면 음양의 조화가 완벽하게 어긋나 버린 상태였죠. 위에는 절단된 양기의 맥, 아래는 폭발한 음기. 다행히 양기가 음기 속으로 들어가 가닥을 남겼기에 망정이지 그 반대로 음기가 양기로 들어갔더라면……"

사망.

그 말은 소리 없이 삼켜 버렸다.

"그랬군요. 그래서 처음 본 의사 선생님은 죽은 거라고……"

"예. 그렇게 봐도 무리가 아니었습니다."

"한의학 공부를 굉장히 많이 하셨나 봐요? 아까 저는 침술의 대가로 불리는 양주동 선생님을 뵈는 줄 알았습니다."

"그분을 아세요?"

윤도가 고개를 들었다.

한의학 박사 양주동.

그는 이 세상 사람이 아니었다. 아깝게도 10여 년 전에 타계했다. 대학에서 교수들도 말했다. 양주동의 사망으로 대한민국 침술 진기의 맥이 끊겼다고.

"전에 제 잔병치레를 도와주셨어요. 저희 회장님도……"

"네……"

윤도가 고개를 끄덕일 때였다. 돌연 거실 쪽에서 괴성이 울리더니 와장창 집기 깨지는 소리가 울렸다.

"잠깐만요."

사모님이 황급히 일어섰다. 하지만 그보다 더 빨리 날아온 게 있었다. 바이올린이었다. 그게 날아와 사모님 옆의 장식장 유리를 직격하며 엄청난 파편을 만들어냈다. 그리고… 윤도는 보았다. 깨진 유리 앞에 맨발로 선 여자. 하얀 잠옷 차림의 20대의 여자. 여자의 입에서는 차마 입에 담지도 못할 소리가 여과 없이 흘러나왔다.

"야, 이 쌍년아. 왜 바이올린에 밥 안 줘? 너희만 처먹으면 다야?"

쌍년?

그림을 보니 사모님의 딸이다. 그러고 보니 별장의 전설로 불리는 여자였다. 응급환자 때문에 잠시 내려놓고 있던 소문의 그림자들이 고슴도치 가시처럼 빽빽하게 몰아쳐 왔다.

─별장에 공주가 산대.
─공주는 식물인간이래.
─공주는 정신병자래.

완전 미녀래. 레알 추녀래. 공주는…….

윤도의 시선이 여자와 마주쳤다. 여자는 엉망이었다. 산발한 머리카락쯤은 아무것도 아니었다. 헐렁한 옷에 감춰진 라인은 기막힌 여자. 그러나 그 얼굴과 살은 온통 뜯기고 짓물러 판타지 속의 오크라고 해도 무방할 정도의 흉물이자 괴물이었다.

"까하학!"

무방비인 윤도를 향해 여자가 날아들었다. 그건 정말이지 한 마리의 살쾡이 같은 야성이었다.

"아가씨!"

가정부와 기사가 달려들어 여자를 잡았다. 여자는 윤도 어깨를 물었다. 마치 굶주린 좀비가 엉기는 느낌이었다. 가정부와 기사는 능숙하게 여자를 떼어냈다. 한두 번 있는 일이 아닌 것 같았다.

"까아아!"

여자가 온몸으로 버둥거렸다.

"위험해요. 피하세요."

기사가 소리쳤지만 윤도는 그 자리에 있었다. 그럴 뿐 아니라 허공을 휘젓는 여자의 손목까지 낚아챘다. 진맥을 보려는 것이다.

"만지면 안 돼요. 피부병에 전염성이 있어요."

가정부가 외쳤지만 윤도는 손을 놓지 않았다. 명색이 의사였다. 피부병 따위가 대수일까? 게다가 모든 병이 다 옮는 건 아니었다. 맥이 건너왔다. 여자의 병은 하나가 아니었다.

"까하악!"

여자가 몸서리를 치자 손을 놓아주었다. 진맥은 이미 끝났다.

"내 바이올린. 내 바이올린."

여자는 악을 쓰며 끌려갔다.
"카악! 놔! 놓으란 말이야!"
여자의 발악은 10여 분이나 이어지다 그쳤다. 잠시 후에 육중한 체구의 가정부가 돌아왔다. 가정부가 육중한 이유를 알 것 같았다. 그녀는 가정부이자 보모, 간병인 역할로 보였다.
"잠들었습니다."
가정부가 사모님에게 보고했다. 사모님은 가만히 고개를 끄덕거렸다.
"죄송해요. 잠든 줄 알고 식사 그릇을 챙겨내려 오는데 갑자기 뛰어들어서……."
"그만하면 됐어요."
사모님이 손짓을 했다. 가정부는 허리를 굽히고 물러났다.
"물린 데는 어때요?"
사모님이 윤도를 바라보았다.
"괜찮습니다."
"미안해요. 아들 때문에 잠시 소홀했더니……."
"저분……."
"……."
"뇌 신경 이상과 더불어 고질적 피부병이더군요."
"네?"
사모님의 시선이 확 올라왔다.
"갑자기 엉기는 바람에 본의 아니게 진맥을 보게 되었습니다."
 윤도가 슬쩍 둘러댔다.
 "그새 진단을 했단 말인가요?"
 "죄송합니다. 허락도 없이……."
 "……."
 사모님의 눈이 뜨악하게 변했다. 돌발 사태로 일어난 행패. 그저 잠깐의 실랑이가 있었을 뿐이었다. 그런데 그 틈에 진맥을 했다니.
 "딸이에요."
 물잔을 든 사모님이 처연하게 입을 열었다.
 "……."
 "들은 게 있나요?"
 "그저 소문 몇 개를……."
 "뭐라던가요?"
 "동화 속 공주처럼 굉장한 미인이라고……."
 "……."
 "어떤 사람들은 또… 환상 영화에 나오는 오크 종족처럼 차마 눈 뜨고 볼 수 없는 추녀라고……."
 "또요?"
 "안개가 끼면 첫새벽에 맨발과 잠옷 바람으로 해변을 걷는다고……."
 "……."

"혹은 식물인간처럼 그저 숨만 붙어 있다고도……."
"그게 다인가요?"
"예."
"다 맞네요."
"……."
"우리 아이……."

사모님이 물잔을 든 채 일어섰다. 테라스로 걸으며 말을 이어갔다.

"지금은 저래도 우리 부용이가 굉장한 아이였어요. 예일대에 합격했지만 한국이 뭐 어떻냐며 동시 합격 한 국내 대학을 택한 심지 있는 아이였죠. 졸업 후에는 엔터테인먼트 회사를 만들어 세계 각국에 한류 돌풍을 일으켰는데 어느 날 갑자기……."

"……."

"과로가 원인이었어요. 일에 미쳐서 하루 20시간 이상 일을 했다고 하더라고요. 그때 말렸어야 했는데 애미 주제에 그걸 몰랐어요."

사모님 시선을 해안으로 행했다. 눈의 물기를 숨기려는 모양이었다.

"……."

"처음에는 치료가 되는 줄 알았는데 재발을 했어요. 그 자괴감에 히스테리가 붙으면서 약물 부작용인지 피부병까지 따라왔어요. 양 박사님이 계셨다면 좀 달라질 수도 있었을 텐데……."

"사모님."

듣고 있던 윤도가 사모님을 바라보았다.

"예?"

"따님……."

"……."

"제게 한번 맡겨보시겠습니까?"

"네?"

"보아하니 서울의 최고 병원에서도 두 손을 든 거 알고 있습니다. 그렇기에 이 섬에서 요양을 하고 있겠지요."

"……."

"양주동 박사님만큼은 아니겠지만 최선을 다해 살펴보겠습니다."

"말했지만 우리 딸 피부병은 전염성이 있어요."

"……?"

"그래서 간호사도 두 번이나 바꿨고 가정부이자 간병인도 네 명째지요. 이번에도 간호사가 그만둔 사이에 이런 사고가……."

"……."

"그중 한 사람은 우리 딸 얼굴과 똑같은 상태로 변했다고 하더군요. 선생님 표현처럼 환상 영화 속의 몬스터처럼."

"……."

"보상은 해줬지만… 그래도 해보시겠어요?"

"당연하죠. 의사는 환자를 가리지 않습니다."

"의사?"

"따님이 그렇게 굉장한 열정을 가졌다면 더욱더 병을 고쳐야 하지 않겠습니까? 혹시 성공하면 따님을 돌보다 감염된 분도 치료해 드릴 수 있을 테고요."

"가능성이 있어요?"

"의사는 길 없는 길도 가야 한다고 배웠습니다."

"……."

"사모님."

"좋아요. 한번 해보세요. 하지만 아니다 싶으면 바로 얘기하세요. 혹시라도 치료 중에 피부병이 옮으면 보상은 해드릴게요."

"알겠습니다."

윤도가 일어섰다.

"언제부터 할 건가요?"

"내일부터 하겠습니다. 당장 시작해도 되지만 소독된 침도 부족하고 피부병 약도 준비해야 할 것 같아서요."

"이 섬 보건지소에 피부병 약도 있나요?"

"만들어야죠."

윤도가 조용히 웃었다.

"선생님, 다시 말씀드리는데 이 피부병은 아토피보다 지독하면서도 그와 양상이 달라서……."

"따님, 진정제라도 놓았나요? 조용해졌네요."

윤도가 화제를 돌렸다.

"그랬을 거예요."

"죄송하지만 제가 한번 봐도 될까요?"

"따라오세요."

사모님이 앞장을 섰다. 거실 끝으로 간 그녀가 벽 앞에 멈췄다. 2층으로 가는 계단이 보이지 않았다. 그제야 알았다. 별장에는 계단이 없었다. 2층으로 가는 수단은 엘리베이터였다.

"딸이 워낙 종잡을 수 없어서 계단을 없앴어요. 그런데도 가끔 저렇게 귀신처럼 간호사나 가정부를 따돌리고 내려올 때가 있어요."

엘리베이터 앞에서 사모님이 비밀번호를 눌렀다. 엘리베이터가 열렸다. 이해가 갔다. 어디로 어떻게 튈지 모르는 정신질환자. 제대로 보호하려면 이 방법이 효과적이었다.

땡!

소리와 함께 엘리베이터 문이 열렸다.

"……!"

윤도가 걸음을 멈췄다. 2층은 전체가 병동이었다. 시설도 좋았다. 종합병원의 특실을 카피해 온 것 같았다. 환자 방 옆에는 간호사 방이 나란히 붙었다. 24시간 간호할 수 있는 시스템이었다.
치익!
멸균 커튼도 있었다. 피부 전염에 대한 방비책으로 보였다.
"피부염 전염은 주로 진물에 의한다고 해요. 참고하시고요 소독제와 수술 장갑 등은 싱크대 쪽에 넉넉히 준비되어 있어요."
안으로 들어서자 사모님이 주의를 주었다.
진물로 인한 전염.
그렇다면 비말감염보다 백배는 땡큐였다. 손에 상처가 없으니 소독만 잘하면 큰 문제가 없을 수 있었다. 그래도 조심은 필수. 이미 접촉을 했으니 손 소독부터 하고 다가섰다. 수술 장갑은 끼지 않았다. 과거의 명의들은 실을 묶고서도 맥을 봤다지만 윤도는 그럴 생각이 없었다.
창의 유리는 특수 방탄이었다. 주변은 말끔했다. 혹시라도 자해의 도구가 될 만한 건 보이지 않았다.
환자는 잠이 들었다. 가정부가 간호사 역할을 한 모양이었다. 가까이 다가섰다. 그러고 보니 진맥 옆자리도 피부병이 흉하게 번져 있다. 사모님이 고개를 저었지만 윤도는 주저하지 않았다.
맥은 아까와 달랐다. 약이 들어간 까닭이었다. 진맥은 놔두고 얼굴을 보았다. 가까이서 보니 더 흉측해 보였다. 그러다 침대 뒤에 붙은 사진에 시선이 닿았다. 윤도의 시선이 멈췄다.

그녀······.

라인은 굉장히 미인형이었다. 늘씬한 몸매에 갸름한 얼굴형. 병만 낫는다면 굉장한 반전이 있을 것 같았다. 새 폴리글러브에 피부병 병소 두어 조각을 샘플로 넣었다. 그런 다음 차분하게 손 소독을 했다. 정식 진맥의 마무리였다.

"내일 저녁에 뵙겠습니다."

1층으로 내려온 윤도가 말했다.

"우리 차를 타고 가세요."

사모님이 차를 가리켰다. 박 기사가 벌써 시동을 걸어두고 있었다.

'적유······.'

사택에 돌아온 윤도는 냉장실에서 적유를 꺼냈다. 약탕기에 넣기 전에 한 번 더 확인을 했다. 산해경에 적힌 약효와 분석기 가동.

―피부병 특효.

확인이 끝나고서야 적유를 약탕기에 넣었다. 33시간을 맞추려면 서둘러야 했다. 약탕기가 보글거리자 불을 조절했다. 샘플은 작은 플라스크에 넣고 밀봉을 했다.

지소로 갔다. 오늘은 창승이 내과 진료를 보는 날. 하지만 윤도를 기다리는 할머니들은 한둘이 아니었다.

"죄송해요. 선생님은 내일 진료 보는 날이라고 말씀드려도……."

접수대의 세희가 울상을 지었다.

"아닙니다. 몇 분 안 되니까 봐드릴게요."

"그럼 버릇 될 텐데……."

"진료일 정한 건 우리잖아요? 원래는 날마다 진료해야 하는 거 아닌가요?"

"그건 맞지만……."

세희가 창승의 진료실 쪽을 바라보았다. 갈매도 보건지소의 지소장은 엄연히 이창승. 요일별 진료도 그가 정한 규칙이었다. 그러니 세희가 원한다고 마음대로 뒤집을 수 없었다.

그사이에 할머니들이 논쟁을 벌였다.

"한의사가 최고여."

"뭔 쉰 소리? 한의사는 쭉정이여. 그깟 침으로 체한 거나 내리지 암을 고쳐, 가슴병을 고쳐? 큰 병은 손도 못 대지."

"이 할망구가 뭘 모르네? 한의사가 왜 못 고쳐? 우리 친정 오빠 간암도 고치고 폐병도 고쳤는데?"

"모르긴 누가 몰라? 이 할망구야, 서울에 가봐. 으리번쩍한 게 다 병원이야. 거그서는 로보또가 수술을 하고 사진 한 장 박고 피 한 방울 뽑으면 몸땡이 어디에 병이 있는지 다 나와. 한의사가 뭔 수로 그걸 해?"

"아이고, 그깐 병원이 뭔 대수? 우리 사촌 오빠는 허리가 아팠는데 디스큰지 뭔지를 수술로 싹뚝 잘라서 아예 빙신을 만

들었구만. 갸덜이 하는 게 어디 좀 아프면 짤라내고 떼어내는 게 일 아닌감?"

"그러는 한의사들은 뭘 하는데? 우리 친정 동상은 대침을 일 년 열두 달 달고 살아도 허리 병 하나 못 고치더만."

"여그 젊은 선상은 달라. 침 솜씨가 허임이 울고 갈 침 귀신이거든."

"하이고, 그깟 침이 진통제만 할까?"

할머니들의 언쟁은 끝이 보이지 않았다.

"어르신들 여기서 이러시면 안 돼요."

보다 못한 세희가 중재에 나섰다. 할머니들은 패를 갈라 따로따로 자리에 앉았다.

"은 선생님."

안에 있던 창승이 세희를 불렀다.

"네."

"채 선생이 원하면 환자 받으세요."

창승의 허락이 떨어졌다.

"네에!"

세희가 꾀꼬리 소리로 대답했다. 오늘 와라, 내일 와라. 할머니들을 상대로 요일별 진료를 설명하는 것도 그녀에게는 귀찮은 일이었다.

"채 선생. 나 잠깐만."

창승이 윤도를 불렀다.

"죄송합니다."
내과 진료실에 들어선 윤도가 먼저 입을 열었다.
"뭐가?"
"아까 별장에서……."
"실은 그것 때문에 불렀어."
"……."
"어떻게 된 거야? 내가 볼 때는 분명 호흡이 멈췄었는데?"
"……."
"그렇잖아도 굉장한 집이라기에 두 번 세 번 확인했었거든?"
"제가 진맥했을 때도 그랬습니다."
"장난해? 채 선생은 죽지 않았다고 했잖아?"
"제가 제정신이 아니었었죠. 만약 제정신이었다면 저도 지소장님하고 똑같이 진단했을 겁니다."
"난해하군."
"지소장님 덕분입니다."
"채 선생."
"만약 저 혼자 갔으면 놀라고 당황해서 사망진단을 내렸을 겁니다. 그래도 두 분이 뒤에 버티고 계시니 그 빽을 믿고……."
"눈물 나네."
"어쨌든 사람을 살렸잖습니까?"

"비밀 있지?"

"네?"

"중국 말이야. 채 선생은 중국 가기 전과 갔다 온 후가 180도 달라."

"아시다시피 죽을 고비를 넘겼지 않습니까? 제 한 몸 거기서 죽었다 생각하고 하루하루 삶을 소중하게 누리고 있을 뿐입니다. 일종의 임사 체험 각성이랄까요?"

"우리 어머니 병원에 보냈어."

"예?"

"솔직히 자존심 상했지만 그동안 채 선생의 신들린 치료를 생각하니 혹시나 해서… 조금 전에 연락이 왔는데 후두암 초기시라네. 일찍 발견해서 다행이라고……."

"……!"

"솔직히 어이가 없어. 진맥만으로 암 진단이라니? 그게 가능하기나 한 일이야?"

"암 진단까지는 아니었습니다. 저는 다만 이상이 있을 거라고……."

"고마워. 그 말밖에는 할 말이 없군."

"……."

"별장 사모님, 뭐래?"

"거기서 따님을 봤습니다."

"딸?"

창승이 다시 고개를 들었다.
"소문이 다 맞더군요. 정신병도 있고 악성 피부염 때문에 얼굴도 엉망이고……."
"미녀가 아니고?"
"지금 현재는요."
"그래서?"
"제가 잠깐 도와보기로 했습니다."
"정신병과 악성 피부염을?"
"하는 데까지……."
"……."
"……."
"알았어. 가봐."

창승이 복도를 가리켰다. 그의 눈빛은 SSS급이라고 자처하던 그때의 그것이 아니었다. 한 풀로도 모자라 두 풀쯤 꺾여 버린 것이다. 조금 남은 프라이드도 이날 완전히 꺾여 버렸다. 할머니들 극성 때문이었다. 언쟁이 붙은 할머니들이 내기를 한 것이다.

무릎이 아픈 두 할머니, 한의사가 잘하냐, 의사가 잘하냐를 실험했다. 결과는 윤도의 승이었다. 침을 못 믿어 창승에게만 치료받던 할머니. 내기 때문에 하는 수 없이 윤도에게 침을 맞았지만…….

그 결과는 대박 만족이었다. 시큰거리던 무릎과 침침하던 눈이 일침즉쾌의 효과를 본 것이다. 창승이 서너 달이나 치료했지만 그때마다 진통이나 달래주던 병이었다.
"다르긴 다르네."
할머니는 삶은 시금치처럼 늘어져 돌아갔고 윤도의 가치는 그만큼 더 높아졌다.
"인자 알았냐? 이 쭈구렁탱이 할망구야!"
한의사 예찬자였던 할머니는, 비실비실 돌아가는 상대방 할머니 등에 대고 틀니가 빠져라 큰 소리로 외쳤다.
"한의가 최고여."
"장침이 최고여."
"채 선상이 최고여."

12. 난치병에 도전하다

다음 날 오전, 항구에서 환호성이 일었다.
"와아아!"
"와아아!"
소리는 오랫동안 그치지 않았다.
"무슨 일이죠?"
침을 놓던 윤도가 세희를 돌아보았다.
"글쎄요?"
세희의 목이 창밖을 기웃거렸다. 소식은 이내 지소로 날아왔다. 진료차 온 할머니 두 사람이 소식을 가져온 것이다.
"차 선장이 어구를 훔쳐가던 중국 놈 배를 붙잡았대. 그걸 해경에 넘겼다누만."
"그래요?"
윤도가 고개를 들었다. 섬 어부들의 간판스타이기도 한 차명균. 어깨가 풀리니 날개를 단 듯 활개를 친 모양이었다.
"시방 이리 오고 있던데?"
"선장님이요?"
윤도 말이 끝나기도 전에 차명균의 모습이 보였다. 침을 맞은 선원 둘도 뭔가를 메고 함께 다가오고 있었다.
"채 선생니임!"
차명균의 목소리가 지소를 흔들었다. 흔들림은 거푸 이어졌다.
쿵!
쿵!
쿵!
차명균이 한 번, 선원들이 두 번이었다. 그들이 내려놓은 건 커다란 방어와 민어였다.
"선장님……."
"덕분에 어구 도둑 중국 놈들에게 본때를 보여줬습니다."
"우리도요."
차명균과 선원들이 합창을 했다.
"다친 데는요? 그 사람들 해경에게도 흉기 들고 덤빈다던데?"

"그깟 중국 놈들이 덤벼봤자죠. 우리 선장님이 다섯 놈을 도다리 치어 새끼 모양 납작하게 두들겨 줬거든요. 한 번만 봐달라고 아주 싹싹 빌더라고요."

선원이 무용담을 들려주었다.

"선생님 덕분입니다. 어깨가 시원하니 간만에 몸이 풀리더라고요. 모처럼 실력 발휘 좀 했죠. 고맙수다."

차명균은 시원한 대답을 놓고 지소를 나가 버렸다.

"이거 다 어쩐대요?"

세희가 펄펄 뛰는 생선을 바라보았다.

"뭘 어째요? 우리 셋이 한 마리씩 먹으면 되죠."

"어머, 저도요?"

"제일 큰 걸로 가져가세요. 저는 저녁에 별장 치료가 있어서."

"아, 오늘 간다고 했죠?"

"예."

"같이 가드릴까요?"

"그럼 고맙지만 환자 상태가 좀 안 좋아서요. 감염 우려가 있으니 어느 정도 호전되면 도와주세요."

"그런데……."

"왜요?"

"가능하기는 한 거예요? 서울의 대학병원들도 포기한 정신병에 악성 피부염이라면서……."

"하는 데까지는 해봐야죠."

윤도가 웃었다. 진심이었다.

일침즉쾌(一鍼卽快).

그 단어를 떠올렸다.

지금까지는 그랬다. 웬만한 병은 장침 한 방으로 제압한 윤도였다. 하지만 정신병은 달랐다. 고질병이다. 피부병도 대상포진에 한포진이라도 얹힌 듯한 악성. 그렇기에 긴장을 풀지 않는 윤도였다.

어젯밤, 윤도는 산해경 약재 탐험 대신 혈자리와 피부 질환 공부를 했었다. 태산전자의 딸이라서가 아니었다. 신분이나 재산 따위는 호기심 외에 아무것도 아니었다. 윤도가 원하는 건 질병의 제압이었다. 신들린 열 손가락의 침술을 확인하고 싶었다.

아침이 오자 윤도는 별장에 전화를 걸어두었다.

―점심 이후로 약을 먹이지 말 것.

별장 쪽에서는 난색을 표했지만 알았다는 대답을 받아두었다. 꼭 필요한 일이었다. 진맥을 다시 한번 제대로 해야 했다.

퇴근 후에 다시 한의서를 펼쳤다. 한의학에서는 정신이상을 전광(癲狂)이라고 부른다. 전(癲)의 환자는 주로 말없이 히죽히죽 웃는다. 말에도 논리와 순서가 없다.

반대로 광(狂)은 광기 충만이다. 소리치고 욕하고 난폭하다. 별장 딸의 증세에 대입하면 딱이었다. 옛 기록을 보면 수구혈을 잡아 미친 마귀를 쫓아낸다는 말이 있다. 수구혈은 코와 인중 사이에 있다. 수구는 계곡의 물이라는 뜻을 담고 있다. 이 혈은 모든 구멍을 잘 열어준다.

양곡혈에서 완골혈을 일거에 시침하는 것도 정신병에 좋다. 등뼈를 따라 대추혈을 시작으로 쭉 직선으로 혈을 잡는 것도 나쁘지 않다. 머리의 전정과 백회혈을 시작으로 하는 혈자리도 대안이 된다.

그러나 결코 쉬운 혈자리들이 아니다. 머리 뒤의 뇌호로 침이 들어가면 즉사다. 등뼈도 침이 혈을 잘못 뚫으면 척추 장애가 될 수 있다. 게다가 몹시 난해한 혈자리도 짚었다. 거기까지는 가지 않기를 바랐다.

밤이 이슥해지면서 적유탕이 완성되었다.

작은 플라스크에 넣어둔 피부 병소 샘플을 꺼냈다. 적유탕을 몇 방울 떨어뜨렸다. 복용과 바르는 약의 기전이 다르다. 하지만 아주 다를 리 없다. 그렇기에 때로는, 침 끝에 약재를 묻혀 혈자리에 시침하는 경우도 있었다.

티끌만 한 웅담을 먹 위에 떨구면 먹물이 흩어진다. 어쩌면 산해경의 영약도 그런 것을 보여줄 것 같았다.

"……!"

반응은 일어나지 않았다. 몇 방울 더 점적하고 플라스크를 흔들었다. 변화는 없었다.

'시간이 걸리는 걸지도.'

적유탕을 수습하고 침통을 챙겼다. 문을 열기 직전 한 번 더 플라스크를 보았다.

"……."

윤도 눈에 희망이 들어왔다. 흉측한 샘플의 색이 변해 있었다. 눌어붙은 딱지 모양에서 피부색 쪽으로 변한 것이다.

'빙고!'

윤도가 주먹을 쥐었다. 의심할 바 없는 영약이었다. 밖으로 나오자 벤츠가 보였다. 아까부터 대기하고 있었던 모양이었다.

"타세요."

박 기사가 말했다. 거절해도 소용없을 것 같아 차에 올랐다.

부릉!

벤츠가 출발을 했다. 그 광경을 몰래 보는 사람이 있었다. 창승이었다. 먼 사택 안에서 벤츠를 내다보는 눈빛이 착잡해 보였다.

S대 의대 출신.

그게 아무나 가는 대학인가? 그야말로 하늘이 내린 수재 중의 수재들이다. 그것 하나만으로도 떠받들던 섬사람들이었다. 지방 한의대 출신 윤도가 함께 배정되었을 때만 해도 나쁘지 않았다. 창승이 더 부각되었다.

하지만 윤도의 중국 명의순례가 모든 걸 바꾸어놓았다. 창승의 시선이 상 위에 놓인 방어로 옮겨갔다. 윤도가 얻은 생선이다. 주인집 아줌마가 회를 쳐서 준비해 주었다. 회는 무지막지할 정도로 많았다. 원래는 이장이나 어촌계장을 불러 목에 힘을 줄 타이밍. 하지만 오늘은 만사가 귀찮았다.
"아줌마!"
창승이 문을 열었다.
"왜요?"
사택 주인아줌마가 나왔다.
"이 회 가져다 드세요."
"왜요? 싱싱하고 찰지던데?"
"속이 좀 안 좋아서요. 이웃분들과 나눠 먹으세요."
창승이 회 접시를 마루에 내놓았다. 푸짐한 회와 달리 납작해진 자존심. 회를 먹을 기분이 아니었다.
바아앙!
벤츠는 산길에 올라섰다. 저만치 등대 불빛이 중심을 잡아 주었다.
"서울 간 도련님께 연락이 왔습니다."
한참을 달린 후에야 기사가 입을 열었다.
"어떻다던가요?"
"안정을 찾았답니다. 병원에서 한 이틀 정도 정밀 검사를 한 후에 퇴원하신다더군요."
"다행이네요."

"선생님 손 좀 볼 수 있을까요?"
"제 손이오?"
"마법사 같아서요. 분명 도련님이 죽은 줄 알았거든요."
"죽고 사는 건 하늘이 정하는 일이지요."
"그 기적 말입니다. 도련님께 일어난……."
기사가 윤도를 바라보며 말을 이었다.
"우리 아가씨에게도 일어났으면 좋겠네요."
기사의 목소리가 비어 있다. 큰 바람은 형체가 없다고 한다. 별장 구성원의 바람은 그만큼 진했다.
"어서 오세요."
사모님이 정원에 나와 윤도를 맞았다.
땡!
엘리베이터가 멈췄다. 별장의 2층이었다.
"카아악!"
문틈으로 날카로운 발악이 들려왔다. 2층 전체가 방음 처리 되었지만 문 쪽은 다소 약했다.
치익!
멸균 커튼을 지났다. 남은 문이 열리자 가정부가 보였다. 그 옆 침대에서 딸 이부용이 몸부림을 치고 있었다. 하지만 사지가 묶였다. 그 또한 관절이 다치지 않도록 잘 고안된 도구였다.
"부탁해요."

사모님은 그 한마디를 보태놓았다. 침통과 적유탕을 내려놓고 부용에게 다가섰다.

"카아아!"

부용의 광기가 극에 달했다. 허리에 요대까지 채웠건만 가슴과 엉덩이가 부서질 듯 들썩거렸다.

"한의사예요. 당신을 도우러 왔습니다."

손을 소독한 윤도가 조용히 말했다.

"카아앗!"

부용은 결코 기세를 꺾지 않았다. 걸리면 씹어 먹을 기세였다.

"……!"

진맥을 짚은 윤도가 집중했다. 가정부가 팔뚝을 잡아 도와주려 했지만 사양했다. 맥이 건너왔다. 부용의 의식은 한마디로 헝클어놓은 실타래였다. 저수지로 친다면 넘치는 곳은 멋대로 넘치고, 모자란 혈은 말라붙을 정도로 가물었다. 도로라면 몇 곳은 텅 비고 몇 곳은 교통대란형이다. 음양의 완벽한 부조화. 그렇기에 정상인의 능력을 상실해 버린 것이다.

머리를 고정시키고 침을 넣었다. 마취 혈자리였다. 이 또한 첫 시도였지만 잘 먹혔다. 환자가 얌전해졌다.

사각!

낮은 소리와 함께 마침내 윤도가 장침을 잡았다.

인중혈과 간사혈에 침을 넣었다. 일단 간을 보는 윤도였다.

"키에에!"

발악까지는 아니지만 그렇다고 잠이 든 건 아니었다. 아문혈을 두어 개 잡아 장침을 밀어 넣었다. 그 상태로 혈자리의 반응을 살폈다. 미세한 변화가 있지만 조화까지는 아니었다.

'이 혈자리를 취하면 효과를 보는 데 시간이 오래 걸린다.'

혈자리의 반응으로 상황을 알았다. 침을 둔 채 다음 혈자리를 찾았다. 이번에는 십삼귀혈의 하나인 신문혈과, 풍부혈, 그리고 백회혈이었다. 풍부혈은 모든 전광병에 유효하다. 말은 침에서 확인이 되었다. 좁쌀 크기의 혈자리 중심에 침이 들어가자 환자의 요동이 멈춘 것이다.

"……!"

숨을 죽이던 사모님과 가정부의 눈빛이 변하는 게 보였다. 신경 끄고 신문혈에 시침을 했다. 백회혈에 침을 넣을 때는 손가락에서 뜨끈한 김이 올랐다. 뜸자리라고 판단한 건지 화침(火鍼)으로 대응하는 손가락이었다. 침을 매번 환자의 날숨이 나올 때 들어갔다.

환자가 다소 숨을 죽이므로 혈자리 조절에 들어갔다. 좌우로 돌리고 미세하게 뽑아 정신병을 주관하는 혈자리 주위를 달랬다. 멋대로 들쭉날쭉이던 혈자리들이 조화를 이루기 시작했다.

'후유.'

겨우 숨을 돌리며 마무리에 돌입했다. 사모님과 가정부도

숨을 죽였다.

딸깍!

어느 순간이었다. 마치 소리가 나는 듯 혈자리가 맞았다. 들떴던 혈자리가 모두 제자리를 찾았다. 길이 정리된 느낌이었다.

'된 건가?'

가만히 시선을 돌리다 부용과 눈이 맞았다. 아차 싶었다. 병을 잡은 게 아니었다. 아니나 다를까? 잠시 얌전하던 부용의 몸이 폭발하듯 뒤틀렸다.

"키에엣, 페에엣!"

"가슴을 눌러요."

윤도가 소리쳤다. 다행히 가정부가 민첩하게 움직였다. 몇 번 더 들썩이던 부용이 힘에 눌리며 발악을 멈췄다. 마춰 침 부위를 살폈다. 발악 때문인지 침이 밀려 나와 있었다. 그걸 제자리에 넣었다.

'후우.'

두 번째 혈자리도 실패였다. 잘나가다가 어느 한 곳에서 문제가 발생한 것이다. 이렇게 되면 마지막 하나가 남았다. 하지만 그건 여자에게 쓰기 난해한 혈자리였다. 더구나 사모님이 지켜보는 상황이 아닌가? 그렇다고 나가달라고 말하기도 어려웠다. 어차피 왕진을 온 셈인데 침놓는 것 정도야 부모가 보는 게 뭐 어떻단 말인가?

'별수 없지.'

기왕에 시작한 시침이었다. 가능성까지 확인하고서 여기서 멈출 수는 없었다.

"사모님."

윤도가 사모님을 바라보았다.

"네."

"생각보다 따님 정신 질환의 뿌리가 깊습니다."

"예……."

"다른 혈자리를 찾아야 할 거 같아서요."

"치료만 된다면 알아서 하세요."

"그게… 그 혈자리가 좀 난해합니다. 그러니 어떤 혈자리를 잡더라도 놀라거나 방해하시면 안 됩니다."

"알았어요."

허락이 떨어지자 윤도는 일곱 개의 장침을 뽑아 들었다.

'정신병…….'

부용의 머리를 쏘아보며 마음을 비우는 윤도. 시침은 무엇도 의식해서는 안 되는 까닭이었다. 윤도의 손가락이 신들린 듯 움직이기 시작했다. 그걸 보던 사모님은 차마 눈을 감아버렸다. 여섯 장침은 일침이혈부터 일침사혈까지 다양하게 들어갔다. 정수리에서 귀 가까이 내려간 침은 무려 네 개의 혈자리를 다스리고 있었다.

부용은 아직 얌전했다. 하지만 끝이 올라간 눈썹과 눈동자의 광기는 아직 여전했다. 머리의 혈자리를 잡은 윤도의 시선이 아래로 내려갔다. 민망하게도 부용의 음부 쪽이었다.

"아주머니."

윤도가 가정부를 불렀다.

"예?"

"하체를 벗겨주세요."

"예?"

"바지를 벗겨달라고요."

"바지를요?"

"속옷까지 전부요."

"속옷까지요?"

"선생님?"

듣고 있던 사모님이 화들짝 고개를 들었다. 바지야 그럴 수도 있었다. 하지만 속옷까지 벗어야 한다니?

"선생님, 무슨 말씀인지?"

사모님이 다시 물었다.

"장강혈 때문입니다."

"장강혈이요?"

"정신 질환에 쓰는 혈자리인데 항문 근처에 있습니다. 부득침을 놓아야 합니다."

"하지만……."

"꼭 필요합니다."

"그래도 그렇지······."
"한번 믿어보십시오."
윤도는 단호한 시선을 거두지 않았다. 가정부는 이러지도 저러지도 못하고 있었다. 침묵하던 사모님이 겨우 고개로 신호를 보냈다. 그제야 가정부가 다리의 결박을 풀고 부용의 하의를 벗겼다.
장강혈 자리.
이는 십이경맥과 기경팔맥에 속한다. 하필이면 항문과 그 위에 쏙 들어간 미골단 사이에 존재한다. 여자 환자이기에 빼놓고 가면 좋으련만 손가락이 원하고 있었다. 더구나 장침이었다. 하의가 드러나자 윤도가 자세를 잡았다. 다리를 들고 엉덩이에 베개를 넣었다. 본래는 엎드린 자세로 침을 맞아야 할 곳. 하지만 환자가 누운 채 묶여 있다 보니 돌릴 수가 없었다.
부용의 하체.
그건 광기 넘치는 머리와 달랐다. 그저 여자였다. 허벅지 사이로 펼쳐진 음모의 숲은 보지 않았다. 윤도의 장침이 들어갔다. 다행히 요동은 없었다. 말단 혈자리에서 머리의 백회혈 자리를 조절했다. 침이 꽂힌 채 반의 반의 반 바퀴가 돌았다. 순간, 부용의 몸이 꿀럭 강직을 했다. 놀란 사모님의 눈이 휘둥그레졌지만 윤도는 놀라지 않았다. 몸은 강직하지만 눈동자의 광기가 풀린 것이다. 그 짐작은 맞았다. 근육마다 팽팽하게 맺혀 있던 강직이 서서히 풀렸다.

"이제 된 거 같습니다."

윤도가 비로소 숨을 돌렸다.

"……!"

사모님 표정도 밝아졌다. 부용의 눈을 본 것이다. 마주 보기도 무섭던 눈이었다. 지금은 달랐다. 그녀의 눈은 모성을 자극하는 가련함까지 엿보였다.

"부용아……."

사모님이 딸의 손을 잡았다. 가정부는 옆으로 돌아서 콧등을 쓸어내렸다.

얼마나 지났을까? 윤도가 침을 뽑기 시작했다. 일곱 개의 장침이 남김없이 나왔다. 그 마지막 장침을 항문에서 뽑아내고 마취 침도 거두었다. 침이 빠지자 부용이 스르륵 눈을 감았다.

"선생님."

가정부가 윤도를 바라보았다.

"그냥 두세요. 아직 할 일이 있습니다."

윤도가 꺼낸 건 적유탕이었다. 피부병도 혈자리가 있지만 침을 뽑지 않았다. 침으로 정신 질환을 잠재웠으니 이제는 산해경의 약재를 믿을 차례였다.

신침을 놓는 손가락.

약재를 보는 눈.

책 속 약재를 꺼내게 하는 신비경.

모두가 윤도의 능력이라면 고루 사용하고 싶었다.
톡톡!
탕은 생명수처럼 부용의 입술을 적셨다. 마지막 한 방울까지 모두 먹였다. 사실, 약탕의 냄새는 그리 향기롭지 못했다. 하지만 약이었다. 향기로운 커피나 초콜릿 맛이 날 리 없었다.
마지막 방울을 떨군 윤도 입에서 깊고 깊은 한숨이 나왔다. 안도의 숨이었다. 지친 윤도가 엘리베이터로 걸었다. 그 자리에서 쓰러질 것만 같았기 때문이다. 1층 거실로 내려온 윤도는 체면 불구하고 소파에 무너졌다. 거실이 하얗게 보였다. 천장이 도는 것 같았다.
"드세요."
가정부가 따라와 생수를 건네주었다. 그걸 다 마시고도 모라자 두 컵을 더 마셨다. 그렇게 숨을 돌릴 때 2층에서 사모님의 비명 소리가 울려 퍼졌다.
"까악!"
"사모님 소리예요."
가정부가 소스라쳤다. 윤도와 가정부가 엘리베이터로 뛰었다. 2층에 도착하자 사모님은 부들부들 떨고 있었다.
'뭐가 잘못된 걸까?'
윤도 얼굴도 구겨졌다. 그동안 잘나갔지만 이 환자는 사안이 중대했다. 서울의 내로라하는 대학병원도 포기한 환자였다. 게다가 산해경의 적유. 첫 사용이었으니 부작용도 걱정이었다. 그 또한 비명의 이유가 될 수 있었다.
"사모님."
윤도가 사모님 곁으로 다가섰다. 사모님은 부들거리며 부용을 가리켰다. 윤도의 시선이 환자에게 향했다. 그 시선을 따라 사모님 목소리가 들려왔다.
"우리 부용이가 말을 했어요."
"……."
"엄마라고… 엄마라고……."
사모님은 목이 메어 뒷말을 잇지 못했다. 정신 질환 탓에 엄마를 쌍년이라고 부르던 딸. 그 입에서 듣고 싶던 한 단어가 나온 것이다. 그리고… 질환을 잡아준 윤도에게 확인이라도 시키려는 듯, 부용의 입은 한 번 더 그 말을 반복했다.
"엄마……."
진달래 꽃잎처럼 부드러운 목소리였다. 눈빛도 부드러웠다. 윤도가 다가가 맥을 잡았다. 마취 침을 놓지 않아도 얌전했다. 맥은 조금씩 조화를 이루고 있었다. 아직은 다소 거칠지만 불협화음은 사라진 상황. 부용의 정신병을 잡은 것이다. 사모님을 돌아본 윤도가 끄덕 긍정의 신호를 보냈다.
"하느님, 감사합니다."
사모님은 그 자리에서 무릎을 꿇었다.
비몽사몽 사택으로 돌아왔다. 방문을 여니 익숙한 풍경들이 윤도를 반겼다. 초라하지만 눈에 익은 것들. 별장의 럭셔리

함이 주는 위압감보다 나았다.

일단 씻었다. 전염성이 있다는 피부병. 두려운 건 아니지만 관리는 철저히 하는 게 좋았다. 의사에게도 환자에게도.

신비경을 들고 산해경을 펼쳤다. 열매가 필요했다. 반쪽만 먹으면 골수의 피로까지 몰아내는 그 열매. 몇 번의 조준 끝에 나무를 발견하고 두 개를 쥐었다. 그 이상은 잡히지 않았다. 과육 반쪽을 먹었다. 윤도는 침대에서 뻗었다.

꿈에 새들이 날아올랐다. 비익조가 날고 봉황이 날았다. 당호도 날고 우도 날았다. 기묘한 새들이 나니 무지개를 보는 것 같았다. 그 나래를 따라 고대의 명의들이 걸었다. 편작도 있고 화타도 있었다. 윤도는 자신이 좋아하는 장상군의 그림자를 밟으며 걸었다. 명의들 중에서 화타가 뭔가를 건네주었다. 아무것도 없는 것 같지만 손을 펴니 청낭서가 있었다. 청낭서는 화타의 비방이 적힌 비기다. 그러나 조조에 의해 투옥되어 죽음을 맞은 화타의 청낭서는 행방이 묘연한 한의학의 보물이었다. 그 청낭서가 윤도 손에 들어온 것이다.

가만히 청낭서를 열었다. 진주알처럼 영롱한 비방들이 펼쳐졌다.

"……!"

하나하나 읽던 윤도가 소스라쳤다. 그 비방들. 죽어가는 사람을 살리고 침 하나로 목숨을 구하는 비방…….

듣도 보도 못한 불치병, 희귀 난치병에 대한 비방. 그 비방을 윤도의 손가락이 이미 알고 있었다. 그러니까 윤도의 손가락이 행하던 침술은 화타의 청낭서에 적힌 비기의 일부였다.

―鍼卽效 仙鍼求世.

청낭서의 글자들이 눈에 들어왔다.

일침즉효 선침구세.

침 한 방이면 즉방 효과니 신선의 침으로 세상을 구하라. 신성한 글자가 윤도 마음에 녹았다. 그 시린 느낌은 중국의 검은 호수 속에서 만난 아이의 숭고한 빛과 닮았다.
―마음을 다해 망진(望診)하라.
―정성으로 문진(問診)하라.
―성심껏 문진(聞診)하라.
―최선으로 절진(切診)하라.
한의학의 4대 진단법이 청낭서의 기운과 함께 아른거렸다. 망진은 사람의 아픈 몸과 부위를 살펴 병을 찾아내는 방법이다. 첫 번째 문진은 환자에게 들어서 찾고 두 번째 문진은 목소리나 냄새 등으로 아는 것이며 절진은 환자의 몸을 만져서 질병을 찾아내는 방법이다. 진맥은 여기에 포함된다.

마지막으로 청낭서는 고황으로 변했다.

고황(膏肓)!

심장 아래이자 흉격의 위. 심장과 횡경막 사이. 한의학에서는 이곳에 병이 생기면 불치로 보았다. 하지만 화타의 청낭서는 그 또한 불가능은 아니라는 듯 고황에 밝은 빛을 비추며 사라져 버렸다.

"……!"

눈을 떴을 때는 아침이었다. 그것도 너무 깊은 아침이었다. 그건 시계와 노크 소리가 증명해 주고 있었다. 산해경 열매는 반쪽도 즉효였다. 마치 천국에서 일어난 듯 개운했다.

9시 17분.

윤도가 눈을 비비며 방문을 열었다.

"……!"

하마터면 문을 닫아버릴 뻔했다. 거기 서 있는 건… 놀랍게도 부용이었다. 놀랍게도 사모님과 박 기사였다. 그리고 그들 뒤로 창승과 세희가 있었다.

"선생님!"

얼떨떨한 가운데 부용이 다가왔다. 얼굴을 보았다. 처음 보았던 괴물이 아니었다. 흉측한 피부딱지와 흉터들이 떨어져 나가고 새살이 돋고 있는 부용의 얼굴. 그건 사진 속에 보이던 그녀의 아름다운 선과 닮아 있었다.

"어머니께 말씀 들었습니다. 제 병을 고쳐주셨다고요?"

부용이 입을 열었다. 목소리 또한 찢어지는 괴성이 아니었다. 상대를 편하게 하는 맑은 목소리였다.
"……"
 자신이 치료한 환자. 자신의 모든 것을 쏟아부은 환자. 그 바람대로 정신 질환이 달아나고 얼굴의 피부병도 굉장히 호전된 부용. 그럼에도 윤도는 아직, 잘 믿기지 않았다.
"고맙습니다. 선생님. 이 은혜는 죽을 때까지 잊지 않겠습니다."
"예……"
"게다가 저희 오빠까지도 살려주셨다고요?"
"……"
"오빠도 내일쯤 내려온다고 합니다. 아빠하고 함께요."
"……"
"두 분 역시 선생님께 감사를 전하기 위해……"
"그렇게까지 하실 필요는 없습니다. 저는 단지 의사로서 할 일을 한 것뿐입니다."
"그렇다고 해도 대한민국 유일한 의사입니다. 아니, 어쩌면 세계적으로……"
"……?"
"제 질병. 한국뿐 아니라 미국과 독일, 일본의 병원도 거쳤거든요. 하지만 그 누구도 제 병을 잡아내지 못했습니다. 심지어는 여러 약의 부작용으로 얼굴과 몸에 흉측한 피부병까지……"

"……."

"그러니 여기서 큰절을 드려도 모자랄 판입니다."

"절은……."

"다시 한번 고맙습니다."

부용이 말하는 사이, 사모님이 느닷없이 큰절 기습을 감행했다.

"사모님, 이러시면 안 됩니다."

놀란 윤도가 사모님을 부축했다.

"아닙니다. 이까짓 절 따위, 백 번을 한들 어떨까요? 내 바람이 우리 부용이가 다시 건강하게 세상을 향해 꿈을 실현하는 거였어요. 그 소원이 이루어질 수만 있다면 날마다 백팔 배를 해도 괜찮다고 생각했습니다."

"알았으니 따님을 모시고 돌아가세요. 많이 좋아졌지만 한 번 더 침을 맞는 게 좋겠습니다. 얼굴 피부병도……."

"선생님이 그렇다면 그런 거지요. 무조건 선생님 말씀대로 하겠습니다."

"선생님."

모녀는 더없이 애틋한 얼굴로 윤도를 바라보았다.

"부용 씨를 돌보다 감염되었다는 분도 연락이 닿으면 제게 오도록 하시고요. 오전 진료 보고 점심 때 잠깐 들를 테니 먼저 가 계세요. 부용 씨는 절대 무리하지 마시고요."

"네, 기꺼이."

부용이 대답했다. 광기 때문에 공포스럽게 보이던 모습은 사라진 지 오래였다.

부릉!

벤츠가 멀어졌다. 대신 세희가 가까워졌다.

"우와, 우리 채 선생님 대박."

그녀가 엄지를 세웠다.

"지각인데도요?"

"까짓것 지각이 대수예요? 사람을 살렸는데……."

"하지만 할머니들은 아닌 거 같은데요?"

윤도의 시선이 지소 쪽을 향했다. 지소 앞의 의자에 하얗게 핀 할머니 꽃이 보였다. 머리도 백발이지만 할머니들은 대개 흰색 계열의 옷을 좋아했다.

"채 선생."

창승이 윤도를 바라보았다. 또 뭐 빈정이나 울리려나 했는데 엄지를 세워 보였다.

"인정!"

창승이 웃었다. 처음에는 한의사를 개무시하던 창승이었다. 기껏해야 요통이나 골관절염 정도에나 쓸모 있는 거 아니냐던 창승. 한의사를 대표하는 침술이라야 기껏 플라시보 효과라고 평가절하하던 그가 변한 것이다.

"진짜요?"

윤도가 확인에 들어갔다.

"그래. 솔직히 배알 꼴리지만 이 정도라면 인정해야지. 죽은 사람 살린 것도 그렇지만 내로라하는 서울 병원 의사들이 손을 든 환자를 고치다니."

"지소장님."

"내가 서울에 선을 좀 대봤거든? 우리 병원 신경정신과 권위자이신 이철상 박사님 환자였더라고. 그분도 두 손을 든 환자였다나?"

"……."

"게다가 나도 목숨 빚져, 우리 엄마 후두암도 조기에 발견해 줘……. 이건 뭐 팩트가 이 정도니 무시하거나 모함을 하려고 해도 틈이 없네."

"지소장님……."

"나야 뭐 곧 보건본소로 갈 거니까 그동안 서운한 거 이해해. 대신 육종서 선생이 올 거 같은데 그 친구는 한의학에도 굉장히 우호적이니까."

"그건 아무래도 상관없습니다."

"그런데 채 선생."

"네?"

"그럼 채 선생도 이제 침으로 마취도 가능하고 그런 거야?"

"……."

"거기까지는 아닌가?"

"가능합니다만."

"헐, 대박. 완전 무협지에 나오는 신침이네?"

윤도 말에 창승의 시선이 출렁거렸다.

"아이고, 일단 가서 진료 시작하자고. 할머니들이 애를 태우고 계신데… 내가 대신 봐준대도 침술 명의만 찾으시네."

창승이 일어섰다.

"알겠습니다. 조금만 기다려 주십시오."

윤도는 일단 화장실로 달렸다. 밤새 탱탱하게 부푼 방광을 비우기 위해서였다. 오줌발도 기가 막히게 시원했다. 방광은 그 안에 들어온 강물을 깔끔하게 비워냈다.

"유후!"

휘파람이 절로 나왔다. 별장 때문만이 아니었다. 이창승의 인정. 그건 윤도의 바람이었다. 한의사로 실력을 발휘해서 콧대를 누르고 싶었던 마음. 그게 실현된 것이다.

"……!"

세수를 하고 방으로 돌아오던 윤도가 걸음을 멈췄다. 방 안 풍경 때문이었다. 그 안에 창승이 있었다. 그 손에 신비경이 들려 있었다.

이창승.

그걸 왜?

"지소장님!"

놀란 윤도가 소리쳤다.

"응?"

돌아보던 창승이 신비경을 떨어뜨렸다.

"……!"

더 놀란 윤도가 몸을 날렸다.

때앵.

신비경이 떨어지며 기묘한 울림 소리를 냈다. 다행히 일그러지거나 하지는 않았다.

"미안."

창승이 손을 들며 뒷말을 이었다.

"못 보던 물건 같은데 신기해 보여서……."

후우!

"그래서요? 뭘 한 거죠?"

심호흡을 한 윤도가 담담하게 물었다. 특별하게 보이면 이상하게 여길지도 몰랐다.

"거울인가 싶어서 얼굴 한번 비쳐봤어. 그런데 물체가 밍숭맹숭하길래 그 책을……."

창승의 손이 산해경을 가리켰다.

"이 책 비췄어요?"

"응."

"뭐가 보이던가요?"

"아무것도… 그런데 그거 거울 아니야?"

"아, 아닙니다. 이건 옛날 약재 저울 받침이에요."

"쳇, 그래서 잘 안 비쳤구나?"

창승이 방을 나갔다. 문이 닫히기 무섭게 방문을 걸어 잠갔다. 그런 다음 신비경을 살폈다.

'읏!'

표면을 보던 윤도 인상이 일그러졌다. 샘물처럼 찰랑거리던 기운이 사라진 것이다. 놀란 마음에 신비경을 뒤집었다. 뒤도 그랬다. 다행히 다시 앞면을 보자 원래대로 돌아왔다. 후아아, 윤도는 그제야 안도의 숨을 쉬었다. 신비경은 다른 사람에게 통하지 않는다. 오직 윤도만이 산해경을 볼 수 있다. 그 사실이 뿌듯한 윤도였다.

신비경을 산해경에 겨누었다. 적유를 구하기 위해서였다. 다행히 적유가 잡혔다. 그걸 손질해 약탕기에 넣었다. 33시간을 달이려면 서두르는 게 좋았다.

'부탁해.'

약탕기를 톡톡 쓰다듬고는 불을 올렸다. 후르르 끓을 때 불을 줄이면 된다. 약탕 또한 예전처럼 돌로 만든 약탕기에 숯불을 쓰면 금상첨화다. 하지만 지금은 모두 옛날 풍경이 되었다.

신비경은 서랍 깊이 넣어두었다. 놀란 가슴은 한 번으로 족했다.

"채 선상님 오시네."

"아이고, 우리 선생님."

"선생이라니? 원장님!"

윤도가 출근하자 할머니들이 반색을 했다. 몇 명은 일어나 손까지 잡아주었다. 노인은 서럽다. 늙으면 눈이 침침해지고 치아가 빠진다. 가장 큰 애로는 허리와 무릎이다. 한평생 기둥이 되어준 허리와 무릎이 말을 듣지 않는 것이다. 때로는 얼음이 든 것처럼 시리고 또 때로는 불덩이가 든 것처럼 뜨겁다.

 할머니들은 기대감에 젖어 지소 안으로 움직였다. 하지만 한 할머니만은 나무 의자에서 일어나지 못했다. 몇 번이고 일어나려고 해도 기력이 딸렸다.

 "할머니."

 윤도가 다가섰다.

 "이놈의 다리가 말을 안 들어. 오늘은 바다 나가서 홍합을 걷어야 하는데……."

 할머니 말을 듣고 그 자리에서 진맥을 했다. 먼 곳의 혈자리에 문제가 있었다. 다리 바깥쪽의 양능천이었다. 윤도가 그 자리에서 침을 꽂았다.

 "이제 일어나 보세요."

 "어응?"

 힘을 주던 할머니 눈이 휘둥그레졌다. 자신도 모르게 일어선 것이다.

 "일어났어. 다리가 안 아파."

 "천천히 걸어보세요."

 "이렇게?"

"이제 됐습니다. 앉으세요."
할머니가 앉자 윤도가 침을 뽑아주었다.
"이제 가시면 됩니다."
"어응?"
"다리 아파서 오셨잖아요? 이제 안 아프니 가셔야죠."
"벌써 다 고친 거야?"
"일단은요. 그 자리가 또 아프면 다시 오세요."
"아이고, 고마워요. 선상님."
할머니는 앞니 없는 잇몸으로 몇 번이고 같은 말을 하고 멀어졌다.

안으로 들어온 윤도는 쉴 새 없이 침을 꽂았다. 그때마다 할머니들 얼굴이 환하게 펴졌다. 할머니들 사이에 할아버지 환자가 끼어 있었다.

"귀에서 자꾸 소리가 나. 이것도 침으로 되려나?"
"한번 해보죠."

윤도의 선택은 백회혈이었다. 머리 꼭대기 중앙의 혈자리. 그 자리에 장침을 꽂고 혈자리를 어루만졌다. 빈 곳이 차고, 넘치는 곳이 조절되었다.

"어때요?"
혈자리 조절을 마친 윤도가 물었다.
"어라? 소리가 안 나네?"
"잘 들어보세요."

"안 나. 아까는 무슨 물 흐르는 소리 같은 게 나더니."
"그럼 이제 가보셔야죠."
"허어, 신통방통하네. 나 옛날 어릴 때 육지에서 이런 한의사 본 후는 처음이야. 그때 그 한의사가 우리 아버지 허리 나가 똥오줌 받아내는 걸 이틀 만에 걷게 해줬거든."
"아직도 좋은 의사는 많답니다."
"아이고, 개운하다. 개운해."
할아버지는 어깨춤을 들썩이며 진료실을 나갔다.
저녁 무렵, 윤도는 서둘렀다. 부용 때문이었다. 급한 김에 라면 물을 올렸다. 냉장고에 해물은 많았다. 오늘 할머니들이 가져온 조개만 해도 한가득. 그것 몇 개 넣고 끓이면 한 끼로 부족하지 않았다. 하지만 물이 끓기도 전에 차 소리가 들렸다. 별장의 벤츠였다.
"선생님."
박 기사가 차 앞에서 고개를 숙였다.
"일찍 오셨네요. 식사 좀 할 테니까 잠깐만 기다리세요."
"실은 그 때문에 일찍 왔습니다."
"네?"
"사모님이 저녁 한 끼 대접하고 싶다고······."
"아닙니다. 번거롭게 그러지 않으셔도 됩니다."
"이미 준비를 끝내셨습니다."
"······"

"대단한 건 아니니 꼭 식사하시기 전에 모셔오라고 하셨습니다. 분부대로 안 하면 저 잘릴지도 모릅니다."

"……!"

박 기사의 표정은 진중했다. 별수 없이 침통과 탕약을 챙겨 벤츠에 올랐다.

"선생님."

항구를 지날 때 기사가 입을 열었다.

"네."

"정말 대단하세요."

"별말씀을."

"아까 사모님이 식사 준비를 할 때 아가씨도 함께 나와 거들었습니다. 그걸 보는데 괜히 눈물이 나더군요."

"……."

"우리 아가씨, 정말 좋은 분이시고 정말 아까운 분이셨거든요. 그런데 몹쓸 병에 걸리는 바람에……."

"……."

"회장님과 사모님이 온 세계의 병원을 다 알아보고 노력하셨습니다. 옆에서 지켜보는 저도 안쓰러울 정도로……."

"……."

"우리 회장님, 중국 출장 중이신데 그 소식 듣고 대륙이 떠나가라 환호하셨다더군요."

"……."

"그런데도 믿기지 않네요. 솔직히 세계적으로 유명한 의사와 병원도 하지 못한 일을… 이런 섬마을의 젊은 한의사가… 죄송합니다."

"아니, 괜찮습니다."

"사모님 말씀이… 갈매도에 별장을 지은 게 신의 한 수였다고… 그래서 운명적으로 선생님을 만났다고 얼마나 좋아하시는지……."

"다 왔네요."

낯 뜨거워진 윤도가 기사 말을 막았다. 그동안 애가 탔을 부모 마음을 생각하니 눈시울이 시큰해졌기 때문이었다.

실은 윤도의 부모도 그랬다. 윤도 역시 어린 시절 괴질을 앓았다. 그때 한의원에서 한약을 먹고 위기를 벗어났다. 자라는 동안 부모님은 종종 그때 이야기를 했었다. 어머니가 강물만큼 눈물을 흘렸다는 말, 아버지가 어디든 달려갔다는 말. 윤도를 살릴 수만 있다면 부모 목숨도 내줄 생각이었다는 말.

모든 부모 마음은 똑같다. 그래서 의술이 중요하다. 아픈 사람을 고쳐 가정에 평화를 안겨주는 일. 그거야 말로 의사의 숭고한 사명이었다.

"선생님!"

사모님이 정원까지 나와 윤도를 반겼다. 부용은 잔디 위에서 단아하게 인사를 했다. 그녀의 자태는 아까와도 달랐다. 이제는 전에 지녔던 품격과 기상이 솔솔 배어나는 그녀였다.

식사는 소박했다. 테이블에는 최소한, 재벌의 모습이 없었다. 맑게 끓여낸 복지리와 맛깔스럽게 무친 게장, 몇 가지 해산물과 장아찌, 김치 두 종류가 전부였다.

"선생님 식성을 몰라서 그냥 담백한 것 쪽으로 준비했어요. 너무 요란을 떨어도 부담스러워하실 것 같아서……."

사모님이 설명을 했다.

"이 정도면 용궁의 산해진미지요. 따지고 보면 제가 군인이거든요."

"어머, 그렇게 되는 거예요?"

부용이 재치 있게 맞장구를 쳤다.

"아유, 겸손하시긴… 제가 볼 때 선생님은 공보의만 마치면 구름 환자 몰고 다니실 거예요."

"고맙습니다."

"많이 드세요. 음식은 얼마든지 있어요."

"예."

"우리 아이는 당분간 죽 중심으로 먹기로 했어요. 괜찮겠죠?"

"좋죠. 하지만 소화가 어려운 육식 위주만 아니면 입맛대로 드셔도 괜찮습니다."

윤도가 부용을 바라보았다. 가만히 듣고 있던 그녀가 볼을 붉히며 고개를 숙였다.

식사를 마치고 2층으로 올라갔다. 치료는 저번과 같았다.

머리에 여섯 장침을 시침하고 마지막 코스를 남겼다.
"……!"
 윤도는 차마 다음 말을 하지 못하고 한숨을 쉬었다. 마지막 코스가 그 부분인 까닭이었다. 그러자 가정부가 나서 해결을 해주었다. 그녀가 부용에게 속삭였다. 부용은 스스로 하의를 벗고 그 부분을 내주었다.
 '꿀꺽!'
 어제와 같은 치료였다. 그런데 어제와 달랐다. 침부터 그랬다. 어제보다 날이 좋았다. 부용의 기도 어제보다 나았다. 그래서 조금 얕게 침을 꽂았다. 이럴 때는 사람의 양기(陽氣)가 겉으로 나온다. 좋은 한의사라면 그것까지 고려해야 했다.
 황제내경에서도 전한다.

—날씨가 차면 침을 가리고 따뜻하면 부담 없이 침을 놓으라. 나아가 달이 완전하게 기울면 침을 놓지 않는 것이 좋다.

 윤도도 그쯤은 알고 있는 한의사. 배움과 손의 뜻이 합치니 당연히 그렇게 되었다.
 또 다른 하나는 윤도의 마음이었다. 왠지 모르게 삐질삐질 식은땀이 흐르고 손이 떨리는 것이다. 부용 때문이었다. 어제는 완벽한 환자였지만 오늘은 여자처럼 보였다. 미모는 아이돌에 비견되고 자태는 단아하게 세련된 여자. 그게 윤도 마음을 흔든 것이다.
"큼큼!"
헛기침을 하며 마음을 가다듬었다.
'침이란······.'
침을 놓는 자세를 생각했다. 검은 호수의 시린 빛을 생각했다. 마음이 안정되기 시작했다. 윤도의 손이 부용의 항문 쪽으로 향했다. 무아지경으로 장침을 넣었다.
'사람의 마음이란······.'
시침을 마치고 혼자 웃었다. 그래도 다행이었다. 부용 앞에서 허튼 모습을 보였다는 것. 그 또한 부용이 회복되었기에 가능한 일이었다.
"고맙습니다."
인사를 받으며 정원으로 나왔다.
기분이 좋았다.

13. 헬기로 온 거물들

 토요일 오전, 창승은 배편으로 육지로 나갔다. 윤도는 지소에 있었다. 토요일은 지소 문을 닫는 날이다. 요일 개념이 없는 할머니 둘이 내소를 한 것이다. 한 할머니는 섬의 끝자락에 사는 분이었다. 소문을 듣고 새벽부터 걸어왔단다. 지팡이 짚은 할머니 걸음으로는 2시간가량 걸렸을 일이었다. 별수 없이 침을 꺼냈다.
 첫 할머니는 고혈압이었다. 약을 먹는데도 어제오늘 뒷머리가 뻣뻣하다고 했다. 과연 경혈이 부풀어 보였다. 손으로 짚어보니 돌덩이처럼 단단하기까지 하다. 삼릉침을 넣었다. 그런 다음 소독솜을 대니 피가 쭉쭉 쏟아져 나왔다. 삼릉침은 아

홉 가지 침의 하나다. 침 날이 세모 형태를 이룬다. 여러 가지 질환에서 피를 뽑을 때 사용한다.

"어휴, 시원해라."

할머니는 신음은커녕 신바람을 냈다. 묵직하던 압이 내려가자 기분이 시원해진 것이다. 백회혈과 중완혈에 장침을 넣어 고혈압까지 내려주었다. 할머니는 가뜬하게 돌아갔다. 두 번째 할머니의 병은 좀 달랐다.

"고기만 먹으면 체해."

할머니가 울상을 지었다. 가지런히 눕힌 후에 중완혈을 잡았다. 신궐과 천추혈에도 침을 넣었다. 마지막은 무릎 부근의 음릉천이었다. 할머니가 끄윽 하고 트림을 했다.

"고기만 먹으면 체한다고요?"

윤도가 물었다.

"응."

"혹시 집 근처에 산사나무가 있나요?"

"산사? 있지."

"그걸 끓여 드세요. 몇 번 드시면 앞으로도 괜찮을 거예요."

"내 병이 산사를 먹으면 낫는다고?"

"해보시고 안 되면 또 오세요."

"그건 그렇고……."

할머니가 옷을 주섬이며 조심스레 말을 이었다.

"왕진은 안 가나?"

"누가 아파요?"

"내 동상."

"동생분이 왜요?"

"맛이 갔어."

"……!"

"한 바퀴 반이 돌았다니까. 아무래도 그년이 노망난 거 같아."

노망이라면 치매다.

"심해요?"

"얼마 됐어. 혼자 헛소리하다 제정신으로 돌아오고… 영감이 죽으니 그 귀신이 붙은 거라며 병원은 안 가고 무당 불러 푸닥거리만 해."

"할머니 집에 전화 있어요?"

"있지."

"적어두고 가세요. 제가 한번 다녀갈게요."

"알았어. 꼭 와야 해."

할머니는 윤도의 손을 꼭 잡고서야 진료실을 나갔다. 하지만 멀리 가지 않았다.

"꼭 와야 해."

이번에는 지소 앞에서, 그리고도 저만치 멀어지면서 한 번 더 강조하는 할머니였다.

―꼭 와야 해.

할머니 당부가 메아리로 남았다.
오후 4시경.
적유탕이 완성되었다. 그걸 들고 별장으로 걸었다. 저녁때가 되면 또 배편에 벤츠가 들어올지도 모를 일. 산책 삼아 가서 치료하고 올 생각이었다. 그때 바다에서 헬기 소리가 들려왔다.
투타타타다!
'누가 또 사고가 났나?'
바다 쪽을 바라보았다. 가끔은 해상 사고도 난다. 배끼리 충돌하거나 배에서 불이 나는 경우도 있었다. 다행히 바다는 고요했다. 지소에서 부른 것도 아니다.
헬기가 가까워졌다. 그제야 헬기의 정체를 알았다. 헬기에 쓰인 로고 TS 때문이었다. 태산전자의 전용 헬기였다.
헬기는 별장의 착륙장에 내렸다. 낯익은 얼굴이 먼저 보였다. 사망 소동을 벌였던 그 남자, 이진웅이었다. 그 뒤로 중후한 장년 남자가 내렸다. 그가 바로 재계의 신화로 불리는 이태범 회장이었다.
"회장님!"
이태범을 맞이하던 기사가 윤도를 발견했다. 회장의 시선이 윤도에게 건너왔다.
"아빠!"
부용이 이 회장에게 달려들었다. 이 회장은 격정적으로 딸을 안았다.

"네가……."
이 회장은 떨리는 목소리로 뒷말을 이었다.
"돌아왔구나."
"아빠……."
"고맙다. 다시 건강해져서."
"그 말씀은 저분에게 하셔야 해요."
부용이 가까워진 윤도를 가리켰다. 윤도는 이 회장을 향해 가볍게 고개를 숙였다. 이 회장이 다가왔다. 그런 다음 덥석 윤도 손을 잡았다.
"고맙소."
이 회장이 말했다. 뜨거운 무엇이 가득한 목소리였다.
"부용아!"
윤도와 이 회장의 뒤에서 이진웅이 동생을 불렀다.
"응?"
"너, 나한테도 한번 안겨야 하는 거 아니냐? 내가 니 걱정 얼마나 했는데?"
"그러는 오빠는? 죽은 목숨을 채 선생님이 구해줬다며? 그럼 나한테 안겨야 하는 거 아니야? 최소한 나는 죽지는 않았었거든."
"어디 좀 보자. 얼굴도 굉장히 좋아졌어."
"어허, 어딜 숙녀 얼굴을……."
부용이 진웅의 손을 살짝 밀쳐냈다.

"아버지, 애 진짜 돌아왔네요. 말하는 것 좀 보세요."

이진웅이 엄살을 떨었다. 그런 다음 그 역시 윤도를 향해 걸어왔다. 그는 허리를 딱 반으로 접어 윤도에게 정중한 인사를 바쳤다.

"생명의 은인이십니다. 이 은혜 잊지 않겠습니다."

고개를 드는 이진웅의 얼굴에 병색은 거의 없었다.

"아, 채 선생이라고 하셨나?"

이 회장이 윤도를 향해 말했다.

"예……."

"혹시 이분 아시나?"

이 회장이 옆에 선 사람을 바라보았다. 헬기에서 마지막으로 내린 사람이었다.

"장백교 선생님?"

윤도 눈이 휘둥그레졌다.

장백교.

약탕 분야의 전설로 불리며 대한민국 한의계 열 손가락 안에 들어가는 명의였다. 지금은 강의 같은 건 하지 않지만 윤도가 대학에 입학하기 몇 년 전까지만 해도 서울의 한의대에서 의술을 설파하곤 했었다.

"안녕하세요? 선생님의 저서를 읽었습니다."

윤도가 인사를 했다.

"자네가 이 회장의 양 날개를 다 살렸다고?"

"……"

"대단하네. 게다가 내 후학인 한의사라니."

"장 박사님도 우리 부용이 치료에 도움을 많이 주신 분이세요. 미국 치료 후에 엉망이 된 정신을 그나마 간병이 가능한 수준까지……."

지켜보던 사모님이 끼어들었다.

"이 회장님 전화를 받고 궁금해서 따라왔다네. 그런 신침을 놓는 한의사가 누군지 궁금해서 말이야. 그런데 이런 약관이라니… 맙소사, 문 닫혀가던 우리 한의학에 벼락같은 축복이 내려온 게 아닌가?"

"과찬이십니다."

"아무튼 들어가세. 정말 대단하이."

장 박사가 윤도 등을 밀었다. 한의학의 거물인 장백교 박사. 그런 사람을 이런 데서 만나다니. 윤도는 설레는 맥박을 달래며 2층으로 올라갔다. 장 박사와 이 회장까지 따라 올라왔다.

"우리 의식하지 말고 치료하시게."

장 박사가 말했다. 이부용은 벌써 침대에 누운 후였다.

바스락!

적유탕을 꺼내놓는 게 조심스러웠다. 지켜보는 사람은 탕약의 대가이자 한의학계 거두인 장백교. 그런데 지금 윤도가 꺼내놓은 건 한의학 족보에 없는 탕약.

그래도 쫄지 않았다. 지상의 모든 것은 약재가 될 수 있었다. 그렇기에 사람의 '쉬'와 '응아', 머리카락과 손발톱도 약으로 쓸 수 있다. 게다가 약재는 시대에 따라 환경에 따라 변하게 마련이다.

윤도는 부용의 입으로 적유탕을 점적시켰다. 오직 한 방울씩 떨어뜨렸다. 그 모습은 처음부터 끝까지 흐트러짐이 없었다.

"탕재인가?"

점적이 끝나자 장 박사가 물었다.

"예."

"미안하지만 이름을 물어도 되겠나? 나도 공부로 삼으려고 그런다네."

"이건……."

잠시 주저했지만 부끄러울 것도 없는 일. 윤도가 남은 말을 이어놓았다.

"적유탕입니다."

"적유탕? 못 듣던 처방인데?"

"제가 따로 고안한 처방입니다."

"비방(秘方)이로군?"

"예."

비방!

한 한의사만의 특허 같은 처방이다. 그 뜻을 아는 장백교이기에 꼬치꼬치 캐묻지 않았다. 그도 그럴 것이 잘 만든 비방 하나면 돈과 명예를 거머쥘 수도 있었다. 과거 '사물탕'으로 이름을 날린 김사물이 그렇고 보중익기탕으로 한 시대를 풍미한 김보익이 그랬다.

"침술도 좀 볼 수 있을까? 치료 이틀 차라면 아직 치료 중 아니신가?"

"박사님이 원하시면 한 번 더 놓아도 될 것 같습니다. 다만……."

곤란한 혈자리를 기억하는 윤도가 말꼬리를 흐렸다.

"걱정 말고 진행하시게. 난해한 혈자리에 침이 놓을라 치면 알아서 피해줄 테니."

"예."

윤도가 침통을 꺼냈다. 맥을 다시 잡았다. 좋았다. 어제보다 펄떡거리는 힘이 좋았다. 혈자리의 흐름도 안정적이다. 이제 부용은 정상의 85%쯤에 도달한 것 같았다.

일곱 장침을 꺼내놓고 여섯 개를 머리 주위에 밀어 넣었다. 이번에도 일침이혈은 물론이오, 일침사혈까지 시행했다. 다만 침 자체는 어제보다 조금 낮게 넣었다.

"꿀꺽!"

장 박사의 목으로 침 넘어가는 소리가 들렸다. 능란한 일침사혈에 놀란 눈치였다. 장침은 아무나 시침하기 힘들다. 혹 시침을 한다고 해도 특정 부위에 한한다. 그런데 윤도의 장침은 거리낌이 없었다. 게다가 속도도 놀라웠다. 환자의 통증을 줄이기 위해서는 스피드가 관건이었다. 하지만 그 스피드의 완급을 조절하면서도 환자에게 고통을 주지 않고 있었다.

다만…….

한 가지는 아쉬운 게 있었다.

"이미 알고 있겠지만……."

지켜보던 장 박사가 조심스럽게 뒷말을 이었다.

"침술이 물결처럼 자연스럽군. 그런데 침 끝에 약을 묻혀 혈자리를 다스리면 더 효과적일 수도 있네만."

"……!"

한 마디에 윤도 의식이 벌떡 깨었다. 한의학 강의 때 들었던 말이다. 하지만 까마득히 잊고 있었다. 그 기억을 장 박사가 불러다 준 것이다. 역시 관록은 무서웠다.

마지막 장침 하나.

그걸 든 채 가만히 시선을 돌렸다. 이 회장은 넋은 놓은 채 보고 있었다. 하지만 장 박사는 윤도의 의도를 알았다. 그는 큼큼 기침을 하더니 이 회장 옆구리를 찔렀다.

"우린 그만 내려가시지요. 화룡점정이 남았는데 여럿이 보면 침발이 받지 않는 혈자리입니다."

"그래요?"

이 회장은 두말없이 장 박사의 말에 따랐다. 장침의 끝이 항문 쪽으로 향했다. 혈자리를 잡은 윤도가 겨우 숨을 골랐다.

땡!

엘리베이터 문이 열렸다. 이 회장과 장 박사, 이진웅이 그 앞에 서 있었다. 1층으로 내려온 그들은 편히 앉을 생각도 없이 윤도를 기다리고 있었다.

"채 선생, 굉장했네."

장 박사가 주먹을 쥐어 보였다. 이 회장은 말없이 윤도의 양 팔뚝을 거머쥐었다. 묵직한 시선에서 아버지로서의 고마움이 뜨겁게 전해왔다.

고맙소.

고맙소.

진솔한 메아리가 되어.

"아빠. 채 선생님, 계속 이렇게 세워두실 거예요?"

옆에 선 부용의 말이 듣고서야 이 회장은 윤도 팔뚝을 놓아주었다. 그때 거실 끝에 대기 중이던 박 기사가 이마를 짚으며 벽에 기댔다.

"어디 아프십니까?"

윤도가 물었다.

"아닙니다. 가끔 격한 두통이……."

"진단은 받아보셨습니까?"

"섬에서 주로 지내다 보니 차일피일……."

"제가 진맥을 좀 봐도 될까요?"

"저까지 민폐를 끼쳐서야……."

"잠깐이면 됩니다."

윤도가 박 기사의 맥을 잡았다.

두통.

누구나 한 번쯤 아파본다. 진통제 한두 알 먹으며 대수롭지 않게 넘기는 경우가 많다. 하지만 지속적인 두통은 간단히 넘길 일이 아니었다.

"……!"

진맥을 하던 윤도의 신경이 짜릿하게 곤두섰다. 머리 쪽 맥이 고르지 못했다. 하지만 위급한 상황은 아니다. 아니… 이제 보니 과거의 신호였다.

"혹시 일이 년 전쯤에 뇌 질환을 앓지 않았습니까?"

"……!"

그 말에 몇 사람의 호흡이 멈췄다. 당사자인 박 기사와 장 박사, 그리고 이 회장이었다.

"두통에 뇌 질환이라니? 너무 질러가는 거 아니신가?"

장 박사가 슬쩍 물 타기에 나섰다.

"머리 혈 중에서 몇 가지를 체크해 보았는데 뇌동맥류 혈자리가 고르지 못합니다. 본래 두통이라는 게 녹내장이나 기타 뇌 질환의 신호탄이기도 한데 뇌 지주막하 쪽에 가까운 혈자리가 다소 불안한 것으로 보아 그쪽 질환이 의심되기에……."

"뇌 지주막하 출혈이 있었다는 건가?"

"진맥상으로는 그렇습니다. 어떻습니까?"

윤도가 박 기사를 보았다. 기사는 뭐라 답하지 못하고 장 박사를 바라보았다. 그런데 웃음소리는 이 회장에게서 터져 나왔다.

"와하하핫!"

윤도가 이 회장을 돌아보았다.

"장 박사님이 채 선생 실력이 궁금했었나 봅니다. 박 기사는 뇌동맥류 맞습니다. 2년 전에 서울에 있는 장 박사님 한의원에서 진단을 받아 수술을 했었지요."

"……."

어리둥절해하는 윤도를 향해 장 박사가 다가왔다.

"굉장하군. 진맥으로 뇌 질환을 발견하다니. 맥으로 그것까지 가능하단 말인가?"

"뇌동맥류 외에 시신경 부근의 혈자리도 다소 원활하지 않습니다. 안구가 뻑뻑한 쪽의 머리가 아프시죠?"

윤도가 기사에게 확인했다.

"맞습니다. 그래서 편두통인 줄 알고 편두통 약을 먹고 있습니다."

"나중에 지소에 한번 들르세요. 침을 놔드리겠습니다."

"그래주시면……."

박 기사가 반색을 했다.

자리를 잡자 차가 홍삼 절편이 나왔다. 좋은 일에 쓰려고 아끼고 아꼈던 차라고 했다. 향이 정말 좋았다. 그런데 홍삼을 우물거리던 이 회장의 인상이 살짝 찡그려졌다.

'치아가 좋지 않으시군.'
한의사 아니랄까 봐 그런 것만 눈에 보였다.
"이가 안 좋으십니까?"
윤도가 슬쩍 물었다.
"아, 예… 발치하고 의치를 넣었는데 잇몸 뼈가 약해서 아직 임플란트를 못 하고 뼈 이식 중이라……."
이 회장이 입맛을 다셨다. 재벌도 병은 있다. 나이 듦에 따라 약해지는 치아 역시 피할 수 없는 일의 하나였다.
"채 선생 이거 말이야……."
몇 모금 차를 넘기던 장 박사가 약재를 풀어놓았다. 약재는 정신 질환에 쓰는 탕약의 재료들이었다.
"평심방 알지?"
"마음을 안정시키는 탕약 아닙니까?"
"그걸 기본으로 대조탕과 주사안신환의 약재를 적량 배합한 것이네. 부용의 빠른 회복을 위해 일일이 따로 법제해서 준비했는데 어떻게 생각하는가?"
장 박사가 재료 한 줌을 쥐어 보였다.
"……."
윤도의 시선이 약재에 꽂혔다. 자동 분석기가 가동되었다. 윤도는 약재 중에서 숙지황을 한 줌 들어냈다.
"뭐가 잘못 되었나?"
장 박사의 미간이 좁혀졌다.

"그건 아니지만 숙지황의 약성이 다소 변질된 듯합니다. 제 생각으로는 법제 때 부주의로 구리에 닿은 게 아닌가 합니다만."

"허어!"

윤도의 설명이 끝나기도 전에 장백교가 무릎을 쳤다. 법제란 약의 효과를 질병에 맞춰 변화, 가공하는 것을 말한다. 지황은 법제할 때 구리를 피해야 할 약초의 하나였다.

"법제도 잘 아는가?"

"다른 건 몰라도 구리를 피해야 하는 지황과 하수오, 철을 피해야 하는 인삼, 맥문동, 납을 피해야 하는 모과, 뽕나무 겨우살이 등은 알고 있습니다."

"더 해보시게."

"이 약재의 일부는 술에 넣었다가 볶았습니다. 이는 부용씨의 질병이 머리와 가슴에 있으니 약성을 끌어 올리기 위해서죠. 먼 과거에는 어린아이의 소변에 담갔다가 쓰기도 했던 것으로 압니다."

"회장님!"

장 박사의 시선이 이 회장에게 건너갔다.

"기가 막히군요."

이 회장도 고개를 끄덕거렸다. 실은 두 사람이 합작한 음모였다. 박 기사를 내세워 뇌 질환을 확인한 것도, 일부러 나쁜 약재를 섞어놓고 윤도의 약재 보는 기량을 확인한 것도.

"자수하네. 채 선생 같은 기재(奇才)를 보니 늙은이의 의심병이 도졌다네. 듣도 보도 못한 섬에서 하늘이 내린 명의라니? 해서 채 선생 실력을 확인한 거라네. 한의로서의 기본은 제대로 갖춘 것인지. 갖췄다면 그 깊이는 어느 정도인지……."

"괜찮습니다. 저는 아직 초짜인걸요."

윤도가 웃었다.

"환자에 맞춤한 탕제와 침술… 거기에 더해 박 기사의 병력을 꿰고 약재 보는 눈까지 정확하니 할 말이 없군. 침술의 마지막 대가로 불리던 양주동 선생까지 울고 갈 실력이 아닌가?"

"감히 그분과 비교가 되니 낯이 뜨겁습니다."

"회장님, 장담하건대 이 젊은 한의사는 명의의 재림이 분명합니다. 이 정도라면 능히 편작이나 화타에도 견주어도 무방할 것으로 생각합니다."

장 박사는 흥분을 감추지 못했다.

"사실 장 박사님이 아니라고 해도 저는 채 선생을 믿을 생각입니다. 죽은 아들을 살렸고 딸의 불치병까지 고쳐주었는데 어떻게 믿지 않는단 말입니까?"

"제 말은 이 실력이 우연이 아니다 이겁니다."

"그럼 속내나 밝히시죠. 보아하니 하실 말씀이 있는 거 같은데?"

"아이고, 역시 회장님 눈은 피할 수가 없군요. 회장님이 후원하시는 서울 한방의료원 건립 말입니다. 채 선생 도움 한번 받으면 어떨까요?"

'서울 한방의료원?'

그 단어에 윤도가 반응했다. 졸업반 무렵에 들었던 말이었다. 대한민국 굴지의 재벌 회사가 한방의 재도약을 위해 설립을 추진 중이라고 들었다. 그 진원이 태산전자인 모양이었다.

"어쩌시려고?"

"해당부처 차관과 국장이 공연히 인가에 제동을 걸고 있지 않습니까?"

"그쪽이 요구하는 부분을 보완 중이라고 들었습니다."

"그게… 사실 단순히 사업 목적이나 입지, 환경 평가에 관한 딴죽이 아닙니다."

"그럼?"

"제가 판단하기로는… 해외 환자 유치 등의 슬로건에 대한 태클 같습니다. 한방병원이 그렇게까지 나갈 필요가 있냐는 거죠. 아무래도 당해 부처에 약사와 의사들이 주로 포진하다 보니 한의학 정책에 대해 다소 소극적인 면이……."

"어쩌시게요?"

"그런 판단에는 아마도 한방의 국제화가 시기상조거나 역량 부족이라는 생각이 깔려 있을 터이니 한방에도 이런 인재가 있다, 한방병원이 건립되고 활성화되면 이런 인재들이 더 많이 배출되어 국민 보건과 건강 제고에 도움이 된다는 걸 보여주자는 거죠. 일종의 무력시위랄까요?"

"좋은 생각이긴 하지만……."

이 회장의 시선이 윤도에게 향했다. 장 박사의 눈빛도 함께 따라왔다.

"채 선생."

장 박사가 숙연하게 본론을 펼쳤다.

"예."

"서울 한방의료원이라고 들어본 적 있나?"

"주워듣기는 했습니다."

"여기 이 회장께서 이 늙은이를 내세워 건립을 추진 중이시라네. 원래는 양주동 박사가 할 일을 그 양반이 일찍 죽는 바람에 내가 떠안았지."

"예."

"하지만 건립 과정이 다소 난항일세. 좀 도와주시겠나?"

"저 같은 게 힘이 되겠습니까? 겨우 공보의 신분인데······."

"능력은 공보의 수준이 아니라네. 아니, 어쩌면 약관의 공보의이기에 더 극적일 수도 있지."

"예?"

"수십 년 경륜도 아닌 낙도의 20대 공보의. 그런데도 기막힌 의술을 가지고 있다면 더 큰 어필이 되지 않겠나?"

"······."

"번거롭게 생각할 필요 없네. 한방을 잘 모르는 실무 고관들에게 한의학의 진가를 한번 보여주면 되는 거야. 우리 한의학 수준이 이 정도라오. 아까 말한 대로 일종의 무력시위지."

"……."

"설령 뜻대로 안 된다고 해도 한의학의 심오함을 보여줄 수 있고."

"……."

"한번 해보시겠나?"

"……."

"채 선생."

"복잡한 건 모르겠고 그저 진료를 보는 일이라면 해보겠습니다."

윤도가 답했다. 서울 한방의료원을 떠나 의료 정책에는 다소 불만이 있었다. 한국의 보건 의료 정책에 있어 한의사가 찬밥 대우를 받는 기분 때문이었다.

"어이쿠, 고맙네."

장 박사가 좋아했다.

"허어, 우리 박사님이 단단히 반하신 모양이군요. 웬만한 젊은 한의사는 쳐다도 안 보는 분이 초면에 들이대시는 건 처음입니다."

"모처럼 큰 재목을 봤더니 마음이 급해서 그러지 않습니까? 내가 헛살았습니다. 대한민국 한의계를 대표한다는 주제에 이런 재목을 몰랐다니."

장 박사가 또 웃었다.

좋은 자리의 좋은 시간이 흘러갔다. 그렇게 윤도가 돌아갈 시간이 되었다.

"채 선생."

자리를 털고 일어설 때 이 회장 시선이 건너왔다.

"네, 회장님."

"이 은혜를 어떻게 갚아야 하겠소?"

"의사로서 사명을 다한 것뿐입니다."

"그렇지 않소. 게다가 서울 한방의료원 일까지 신세를 지게 생겼으니 어떻게든 마음의 표시를 해야겠어요."

"저는……."

"원하는 근무 지역이 있으면 옮겨줄 수도 있어요. 그 정도 파워는 있습니다."

"그건 괜찮습니다."

"차가 없다고 들었는데?"

"없는 건 아니고 서울에 두고 왔습니다."

"마음 같아서야 아담한 요트라도 한 대 선물하고 싶습니다만……."

"정말 괜찮습니다. 다만, 정히 마음이 쓰이신다면 보건지소의 냉난방을 도와주셨으면 합니다. 그게 충분치 않아 환자들이 불편해해서요."

"고작 그것뿐이란 말입니까?"

"예……."

"끄응… 이것 참……."

"그럼 다음에 또 뵙겠습니다."

윤도가 일어섰다. 박 기사가 벤츠 문을 열어주었지만 이번에는 사양했다. 이제는 서두를 이유가 없었다.

"선생님, 이거 들고 가세요."

부용이 따라 나와 랜턴을 쥐어주었다.

"고마워요."

"제가 드릴 말씀이에요. 조심히 가세요."

부용은 윤도를 귀찮게 하지 않았다. 딱 필요한 만큼의 배려만 하는 여자. 과연 어린 나이에 세계 무대를 활보하던 그릇다웠다.

밤길을 걸었다. 멀리 등댓불이 보였다. 시원하게 바다를 비추고 있다. 윤도는 랜턴으로 길을 비췄다. 바다의 등대처럼 랜턴은, 윤도의 가이드가 되고 있었다.

"진웅아, 부용아."

윤도가 멀어지자 이 회장이 진웅과 부용을 불렀다.

"채 선생 말이야."

"예."

"보답할 방법을 생각해 봤느냐?"

"의술이 출중하니 공보의를 마치는 대로 본사 의무실에 스카우트하면 어떨까요? 최고 대우로 말입니다."

이진웅이 의견을 냈다.

"최고 대우?"

"의사 친구들에게 물어봤는데 연봉 5억에 종신 계약이면······."

"장 박사도 인정하는 대붕을 네 평 의무실에 가둘 수 있다고 생각했느냐?"

"······."

"아버지 말씀이 옳아요. 채 선생님은 대붕이에요. 날개를 다 펴면 어디까지 날지 알 수 없지요."

부용이 입을 열었다.

"좋은 생각이 있느냐?"

"채 선생님이 아직 공보의예요. 그러니 서두를 건 없다고 생각해요. 저 곧 복귀할 거니까 머리가 제대로 돌기 시작하면 대붕의 자존심을 건드리지 않는 방향으로 강구해 볼게요."

"알았다. 그럼 큰 그림은 네가 그리도록 하고 당장은 성의 표시라도 하거라."

이 회장이 마무리를 선언했다.

『한의 스페셜리스트』 2권에 계속···

이제부터 전자책은
이젠북
www.ezenbook.co.kr

새로운 세계가 열린다!

김재한 『성운을 먹는 자』   철백 『대무사』
니콜로 『마왕의 게임』   가프 『궁극의 쉐프』
이경영 『그라니트:용들의 땅』   문용신 『절대호위』
탁목조 『일곱 번째 달의 무르무르』   천지무천 『변혁 1990』
강성곤 『메이저리거』   SOKIN 『코더 이용호』

이름만 들어도 황홀할 정도의 별들의 향연!

이들의 "유료연재"가 시작됩니다!

검색창에 **이젠북**을 쳐보세요! ▼

초대형 24시 만화방

신간 100%, 샤워실, 흡연실, 수면실(침대석), 커플석, 세탁기 완비

■ 광명 광명사거리역점 ■

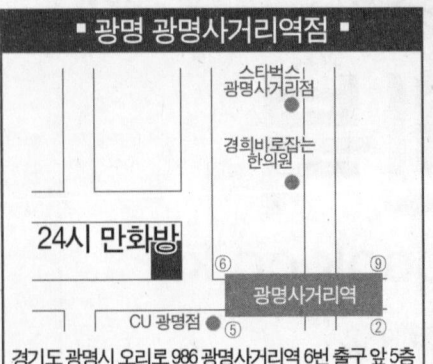

경기도 광명시 오리로 986 광명사거리역 6번 출구 앞5층
02) 2625-9940 (솔목타워 5층)

■ 강북 노원역점 ■

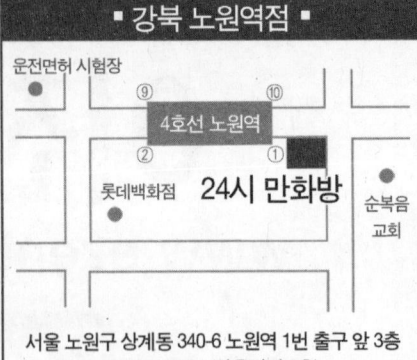

서울 노원구 상계동 340-6 노원역 1번 출구 앞 3층
02) 951-8324 (화용빌딩 3층)

■ 일산 정발산역점 ■

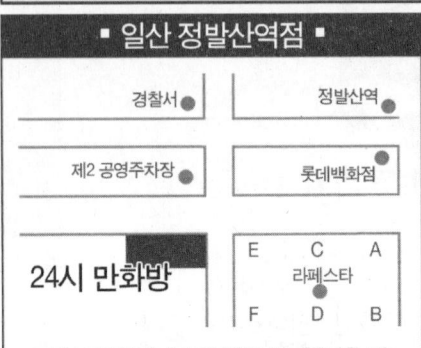

라페스타 E동 건너편 먹자골목 내 객잔건물 5층
031) 914-1957

■ 일산 화정역점 ■

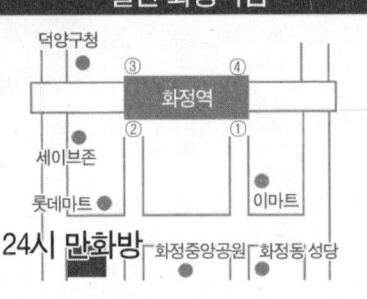

경기도 고양시 덕양구 화정동 984번지 서일빌딩 7층
031) 979-4874 (서일사우나 건물 7층)

■ 부천 역곡역점 ■

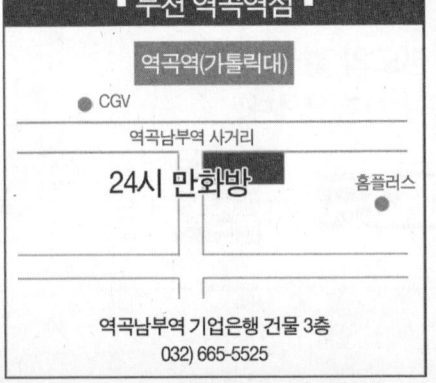

역곡남부역 기업은행 건물 3층
032) 665-5525

■ 부평역점 ■

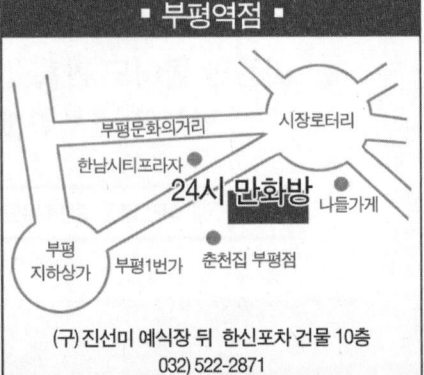

(구)진선미 예식장 뒤 한신포차 건물 10층
032) 522-2871

크레도 장편소설
FUSION FANTASTIC STORY

톱스타 이건우

열정만으로 성공하는 것은 아니다!

어중간한 실력으로 허송세월하던 이건우.

그의 앞에 닥친 갑작스러운 사고와 함께 떠오르는 기억.

'나는 죽었는데 살아 있어. 그건 전생? 도대체……'

전생부터 현생까지 이어지는 인연들.
그리고 옥선체화신공(玉仙體化神功)…….

망나니처럼 살아온 이건우는 잊어라!
외모! 연기! 노래!
삼박자를 모두 갖춘 최고의 스타가 탄생한다!

Book Publishing CHUNGEORAM

유행이 아닌 자유추구 -
WWW.chungeoram.com

FUSION FANTASTIC STORY

설경구 장편소설

저니맨 김태식

한 팀에서 오래 머물지 못하고
이 팀, 저 팀을 옮겨 다니는
저니맨(Journey man)의 대명사, 김태식!
등 떠밀리듯 팀을 옮기기도 수차례.

"이게… 나라고?"

기적과 함께 그의 인생에 찾아온 두 번째 기회!

"이제부터 내가 뛸 팀은 내 의지로 선택한다!"

**더 이상의 후회는 없다!
야구 역사를 바꿔놓을
그의 새로운 야구 인생이 펼쳐진다!**

Book Publishing CHUNGEORAM

유행이 아닌 자유추구 -
WWW.chungeoram.com